丹青旅者

著

从0到200万

一个传统媒体人的新媒体突破

长江出版传媒 | 长江文艺出版社

北京长江新世纪文化传媒有限公司

www.cjxinshiji.com

出品

目　录

配套课程兑换码

245f45e9

微信扫码
观看视频课
轻松晋升文化类明星主播

序

打开这本书的朋友:

您好,我是"读书,读画,读生活"的丹青旅者,有幸认识您。

作为一名从事传媒工作近三十年的老媒体人,以新媒体平台达人的身份出镜,纯属小概率事件。

在 2020 年之前,我压根儿没有想过自己能与抖音有什么交集,甭说运营自己的抖音账号,就连闲来无事刷刷短视频都没有兴趣,更遑论养成这习惯。但是一年零五个月之后,我的抖音账号"丹青旅者"的粉丝数已经超过了两百万。

抖音平台日活用户已超过六亿。很多人说,我的账号能在这么短的时间内运营出这样的成绩非常不容易,但我回过头来再看这将近一年半以来自己做的事儿,真心觉得只要摸准路数、找准规律,在新媒体平台上运营出一个百万级粉丝量的账

号，即便是普通人，也是大概率能成功的。而且运气越好的人，
用的时间就越短。

在这本书里，我把运营"丹青旅者"账号的这段时间
里，自己"摸着石头过河"的那些包括惊喜的、失望的、得意
的、沮丧的、算计的、大意的，甚至是很匪夷所思的事儿都
一五一十地抖搂出来，权当茶余饭后和朋友们一块闲聊了。

当然，更适合短视频的语境中是不说"朋友们"的，要说"家
人们"，对吧？虽然已经做了一年多的短视频，但我还是不习
惯这个称呼，总觉得"家人们"这个词有点儿忽悠人的意味，
不够实在，还是称呼"朋友"更加诚恳，且有一种根植于传统
文化的、实事求是的实在味道在里面。

有朋自远方来，不亦乐乎

第一章

从零开始

丹青旅者：读书，读画，读生活

互联网是个很有意思的地儿，无论在哪个平台上搜索"丹青旅者"，一定会看到一个关联词条"丹青旅者是谁"。这个问题的答案并不惊艳。我祖籍山东，在河北石家庄出生并长大，打小是个自卑的孩子，自卑来源于自己的长相——儿时特别瘦，就显得我这俩耳朵特别大，老远一瞅跟世界杯似的，真的就是自卑，就觉得自己像世界杯。别人觉得像，自个儿也觉得像，久而久之，就自卑了。但是"老天爷饿不死瞎家雀儿"，李白说"天生我材必有用"，颜值这扇门堵上了，就一定会有一扇窗开着，我的窗户外面是书画。

但在我那个年代，书画顶多算是个特长，应试是不灵光的，想要出人头地，还得靠高考。千军万马过独木桥，何等惨烈的场面，我一直"瘸腿"前行——没办法，理科太差，实在没有天赋。因此，我成了文科班为数不多的男生之一。我呢，最讨厌某些演员、明星自我吹嘘——"当年我真没打算当明星，只是陪朋友去面试，结果歪打正着，我考上了……"造物弄人啊，这种桥段竟然发生在了我身上！高考将至，北京广播学院播音系到河北省招生，需要去省广电厅面试，班上有意向的女同学早早就准备起来了。作为班干部，又是凤毛麟角的男同学，护送女同学去面试，就成了我无法推辞的工作。我内心很不乐意接受班主任安排的这个任务，快高考了，复习任务特别重，一寸光阴一寸金啊。当时我就随手揣了语文课本在军大衣兜里，想着别耽误了复习，女同学们去面试，我就在外面照样复习功课。

有句老话说"好奇害死猫"，其实人好奇起来比猫还严重。我在考场外看着女同学们一个一个从考场出来，问她们这考试复杂吗，她们回答说很简单，交两块钱报名费，进去念一分钟自备稿子就行了。我一摸兜，正好有两块钱，再一摸，还有本语文书，正在复习的是白居易的《琵琶行》，那就这篇吧。于是我把报名费交了，也进去体验了一下这场考试，再后来就是"凡尔赛"的剧情核心了——准备充分的女同学们落选了，我这个陪考的一路过五关斩六将，成了当年河北地区唯一考入北京广播学院播音系的学生。大学后的第一个暑假，我回家探望当时的主考官李倩予老师，老师告诉我说："孩子，你知道你有多幸运吗？咱们全河北所有的考生1300多人考了七天，最后如愿以偿的只有你一个人，你是千里挑一的呀。"

　　老师的这句话，对于当时的我来说简直是一剂强心针，我从一个自卑的孩子变得内心充满自信。虽然自己原本的努力方向是中央美院，但既然已阴差阳错考上了北京广播学院播音系，那就莫辜负天意，往这条路上走吧。那年我十八岁，成了头一个带着文房四宝来上播音系的学生。

　　大学时光一晃就过，我毕业后先后在中国国际广播电台等传媒机构的不同岗位上任职，体验了人生的各种可能性，做过记者、主编、制片人、播音员、主持人等等。印象最深刻的应该是一次新闻发布会的成功救场，将可能出现的直播事故消灭在了摇篮里。

　　1998 年，两会如期在北京召开，当时二十六岁的我作为中国国际广播电台的主持人，参与了在人民大会堂的新闻发布会直播工作。虽然此前经过了多次彩排，但仍不能避免直播当天出现预案之外的状况。当天按照流程，在新闻发布会开始之前的十五分钟，我需要播报事先准备好的稿件，稿子念完正好到时间，新闻发布会正式开始，电台进入转播阶段，我的任务就完成了。但当我手中准备好的十五分钟稿件即将读完时，意外出现了——出席新闻发布会的各位领导人将比预计时间至少晚半个小时到场！电台不比电视台，出现这种情况，电视台可以播放纪录片或者宣传片填充等待时间，可电台不能沉默啊！当时的孔台长灵机一动，直接把当天的《人民日报》塞到我手里，就一个字："念"！台长不愧是拥有多年工作经验和智慧的老同志，这一举动堪称神来之笔，但对于尚且年轻的我来说，这么重要的场合，面对一份未经熟悉的稿件，要做到流利无错还要有抑扬顿挫和感染力，着实不易。

初生牛犊不怕虎，我接过报纸，从头版头条文章开始念，念完了头版所有文章，新闻发布会还没有开始，又接着念第二版文章，念了一大半的时候，新闻发布会现场掌声响起，国家领导人步入会场，我的应急工作也圆满结束——在四十分钟里，我一个字都没有读错。

除此之外，我经历过香港及澳门回归仪式的现场直播以及后来多年的职业生涯，文案能力和有声语言的表达能力得以历练。除了收获到职业自豪感之外，书画领域的笔墨丹青也不曾耽搁，可以说是做到了兴趣与职业两不误。

在书画这个领域，我实在算得上是个幸运儿。

十八岁那年，我从石家庄来到北京上大学，第一个周末就跟放飞的小鸟似的，哪儿热闹繁华就往哪儿去，首选肯定是王府井。当时的王府井大街西侧有一栋工艺美术大楼，里面正在

拜师会上，我与恩师娄师白先生、师母王立坤女士

开名家画展，最吸引我的是一幅竖幅的绘画，画的是春天的紫藤，下面有几只小鸭子，落款"娄师白作于首都"。这是我来北京看到的第一幅画，万万没想到，因缘际会之下娄师白先生后来竟成了我的师父；而我小时候临摹的第一幅中国画是齐白石先生的虾，当时也不承想多年以后齐白石先生正是我的师爷。

正式向娄师白先生行了拜师礼后，我就成了老先生的入室弟子。师徒相授是最传统的教学方式，平时师父画画，我在旁边看着，师父画累了歇下来喝喝茶吃点水果，我就跟他聊聊天，顺便请教了刚才没有看懂的地方。这种师徒之间的关系比学校里边的师生关系深入得多，口传心授的内容不仅限于艺术方面的讲授，还有师父的价值观、为人处世等生活的方方面面。所谓入室弟子，当然不只是能到师父家里吃吃喝喝，也会力所能及地帮师父做点事，感情上更如同一家人。

讲一件我至今印象深刻的小事。画虾对于齐派艺术传人来说，应该是信手拈来的事情，但娄师白先生给我做示范的时候，并不是拿笔就画，而是在一张宣纸上密密麻麻画了很多虾。我问："老师，您在干什么？"他回答我的话，我现在还记得："这支笔是新笔，刚开始用，我得训练训练它。笔墨都调舒服了，再给你画，让你看看什么是齐派正宗的虾的画法。"画了一辈子的大师，给徒弟示范这么简单的题材之前都如此认真、

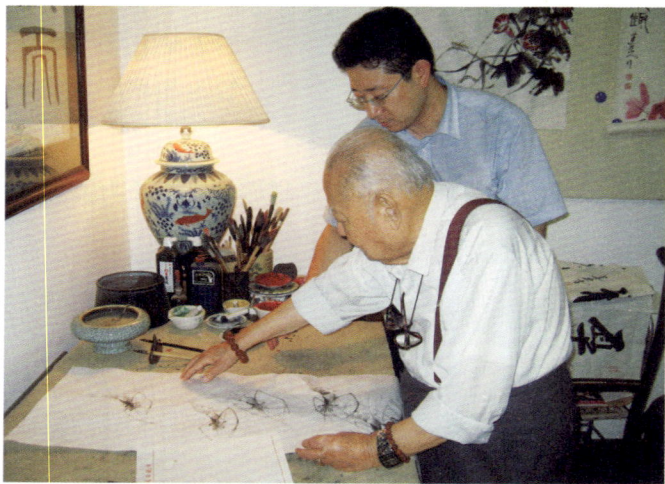

与娄师白先生在画室

一丝不苟，这在我心里留下了无法磨灭的印象。做什么事情都潦草马虎不得，做人是这样，对艺术更是这样。

为了不辜负老先生的教导，这些年我出版了几本齐派艺术研究方面的图书，比如《齐派工笔草虫图集》。这本书是在老先生手把手的帮助指导下，画的齐派工笔草虫的图集，算是填补了这个领域的一项空白；《齐白石艺术欣赏与真伪鉴别》和《齐白石密码》里面的内容更多的是介绍齐派艺术，让更多的人了解并关注这个领域。

岁月如白驹过隙，如今我的师父娄师白先生已经作古，我也从他的徒弟变成了很多人的老师，艺术就是这样代代传承下去的。随着新媒体平台兴起，我看到了艺术传播的新方式。

丹青，丹即丹砂，青指石青，都是中国古典绘画中常用的颜色，这两个字合并在一起，

我的作品《寻花》

就成了中国画的代名词，而我的初心正在于此。同时我对读书、收藏，甚至现在的新媒体平台等各个领域都有涉猎。大千世界中，众人皆为行者，我亦是旅人。

年近五旬，回望顿觉，一路走来，顺其自然，一切都未经处心积虑地细致谋划。但行好事，莫问前程。书画是我的初心，人言道初心不负，于是我的账号名就有了——"丹青旅者"。

一句话知识点：

无论自己走了多远，走到哪里，都不要忘了最初视如珍宝的东西。

抖音印象：从小众娱乐到大众传播

　　"抖音"这个名字，我对它并不陌生。当它出现在越来越多人的手机中，占据越来越多的手机屏幕使用时间时，不断有人跟我提起它的名字，包括我的爱人。

　　她比我年轻几岁，在接受新鲜事物方面的能力比我强，对于新鲜事物的生存和发展的前瞻力也比我厉害。大概在2019年的下半年，爱人就曾经建议我说，要不咱也试着运营个抖音账号？当时我特别惊讶，一口拒绝了她。

　　我拒绝是因为当时我认为在抖音上运营一个账号是耽误时间、耽误精力的，没有什么意义；而惊讶是源于一向与我志同道合的爱人竟然会和我有不一样的想法。

　　当时的我对抖音以及快手等短视频平台的印象并不好，在爱人提出建议之前，我曾在朋友处看过抖音上的一些内容，觉得它充其量就是一个小众年轻人的娱乐平台，内容相对来说

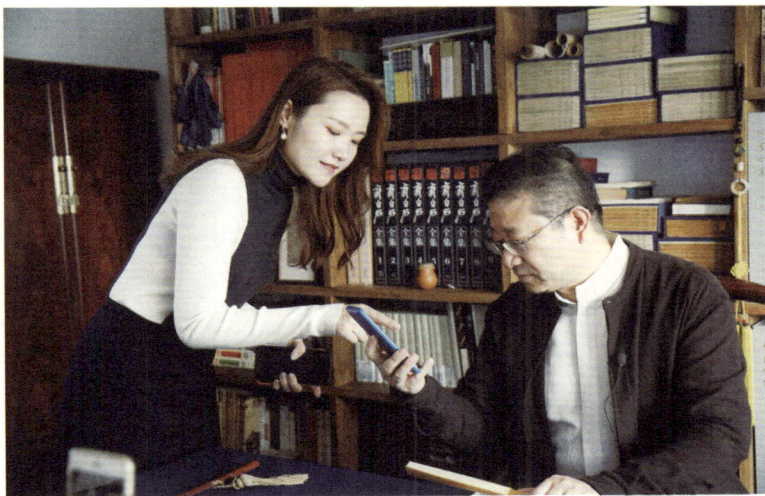

爱人给我介绍她新发现的新媒体平台

偏俗，平台初期很多带有搞笑剧情的短视频，编辑水平不高，格调更是不敢恭维。还有一些主播，大多是锥子脸、大长腿，穿得也很清凉，直播过程中话术简单，语言重复，内容大约就是"家人们求守护""谢谢榜一大哥的礼物"这样。而我呢，更多地则是在图文平台，比如微信朋友圈或者微博上，谈一谈自己读书的体会，还有关于书画方面的艺术创作和探索等等。两相对比，我觉得自己与抖音的交集委实不多，而且调性完全不相符。

现在看起来，这些印象确实是过于刻板了，有一部分原因大概要归于抖音初创时期的"老皇历"，使得我对它的认知在一段时间内无法更改。我相信这种刻板印象一定不是属于少数人的，在与我同龄的也就是中年偏上的这个群体里肯定还是大量存在的。因为我在运营抖音账号几个月，粉丝量超过一百万的时候发了一条朋友圈，很多年轻的朋友都很兴奋，纷纷表示祝贺，但是同龄的朋友中至少有两三位是嗤之以鼻的，那态度大概是"抖音现在好像是挺火的，那我也不做，做那玩意儿干吗"，语气里有那么一点微妙的感觉，硬要形容的话，那就是自古传承下来的文人的"清高"，觉得自己是有格调的文化人，看不上短视频那个东西。对此，我心里的想法是：瞧瞧，这个样子颇有我当年的神韵哪！

但是我发现从 2021 年元旦之后，持这种刻板偏见印象的，不管是年轻人还是中老年人，都在急剧地减少，甚至有大量的老年人也加入抖音，成为日常活跃用户群体中的一部分。而大众对于抖音的印象和认知的迅速转变过程，背后是有着相当清晰的逻辑对应关系的。

我仔细地回顾了一下抖音从无到有，再到现在如日中天的过程。为什么一开始有很多人打心眼儿里看不上抖音，觉得它里面的内容庸俗、低俗呢？因为那个时候在抖音平台上比较火的都是所谓的"网红"，并没有很多代表优秀文化的主流人群加入。但是随着抖音在内容方面的转型，各行各业的主流人群都汇聚到抖音之后，它就在这两年表现出非常迅猛的发展势头，并完成了自己在公众心目中印象的巨大跃升。而且在这个过程里，我感觉抖音正在由最初的一个边缘化的小平台，逐渐向着传媒平台的 C 位靠拢。如果说前两年不玩抖音是因为抖音比较"非主流"的话，那到现在还不玩抖音，才是比较"非主流"的。

一句话知识点：

抖音都在一步步地努力破除刻板印象，撕掉别人为它贴上的标签，你为什么还不在一成不变的生活里做出一点改变呢？

以友为鉴：朋友是我入行的助推器

老话常说：物以类聚，人以群分。我认为，身边的朋友可以非常直观地让你看见自己不太能注意到的事情。对于朋友的建议，我们更加容易接受，其接纳程度远远超过素不相识的人，或者通过其他媒体、书本传播得来的信息。

2019 年年底，我与十来个朋友聚餐，在饭桌上我的老友肖映峰提到了抖音。他虽然与我同龄，但这些年在新媒体方面的探索上一直属于先锋派。从以图文为主流的微博、微信朋友圈、公众号等平台，再到抖音、快手这类以短视频为主流的平台，他全都尝试过，而且研究和实践的效果非常好。他曾经运营过一个健康领域的账号，还荣获了平台十佳账号的称号。

但最有说服力的不是这些虚名，而是他在收获受众认可和平台荣誉的同时也取得了多重收益，这就完成了一个非常合理的逻辑闭环。当他在饭桌上跟大家讲了自己的运营故事之后，我觉得这顿饭吃得格外有收获。然而饭桌上真正把他的故事听进去同时马上开始动手实践的人，就只有我一个。

当我认真地研究了一段时间并试探了一下短视频领域之后，我发现由于每个人自身的情况千差万别，所以对于短视频平台的认知确实是不一样的。于是在那次聚餐过后，我决定试一试，直接跳下去"游泳"。那么在我"入行"的过程中最大的便利是什么呢？就是我身边有这样一个朋友：他已经在这个领域中实践过一段时间了，我有什么困惑，到他那儿都能解开，他就如同我的师父、我的拐杖。我觉得这点特别重要，能够向身边懂行的朋友学习和请教，就像被人扶上马再送了一程，自己的起步就变得比较容易了。

另外一方面，朋友能给你壮胆。我准备要创建一个抖音账号的时候，有一个深深的担忧——会有人来看我发布的内容吗？毕竟玩抖音的都是年轻人，用现在的流行语叫"小鲜肉"，我这个年纪都是"老腊肉"了，创建个账号能行吗？人家看年轻人是看什么呢？大部分是颜值，对吧？那我都这把年纪了，且不说我没有那大长腿，就算我光着膀子拿大顶也不会有人看。但是我的朋友通过他自己的尝试、自己的经验，让我明白：无论是年龄，还是你所在的行业，都不是最关键的，最关键的是在这个平台上你所输出的内容能给别人带来价值，你就会被关注，就会有粉丝，你这个账号就有存在的意义。所以，有几个朋友一起运营抖音账号，互相交流，互相切磋，互通有无，这绝对是一件好事！

一句话知识点：

多个朋友多条路，但莫愁前路无知己，毕竟您正在翻我这本书，别忘了我开头称呼您什么——朋友。

三思后行：选择太多未必是件好事

　　信心有了，决心有了，也就是动工前的心理建设都完成了，那么，这第一铲子该下在哪儿呢？这真是个令人为难的问题。

　　实不相瞒，在准备发布抖音账号上的第一条内容的那几天里，我想得最多的就是我到底要选择哪条内容赛道，选择哪个垂直领域。一般情况下，大家很容易会去选择自己最擅长的领域、更加喜欢的垂直类别作为自己的内容赛道，但对我来讲，这问题有点难解决。并不是因为我不具备站上某一条赛道的资格，恰恰相反，我有好几条赛道可以作为选项。虽然这话说得好像有点"凡尔赛"，但确属实事求是，因为我这人打小就乐于跨界，热衷于多学科融合，兴趣爱好比较广泛。经过简单罗列和初步筛选，我面前剩下了三条内容赛道。

　　第一，书画，即艺术领域。我自少年时学画，直到现在无一日荒废，最想做的肯定是在书画领域有所成就，将齐派艺术传承下去并且发扬光大，这是我内心的一个愿望，所以这条赛道成了我的选项之一。

第二，读书，即知识领域。读书应该说是我的另一个持之以恒的爱好，直接用一件事儿来说明吧。上一回搬家，因为我的书太多了，实在搬不走，必须要淘汰一部分，于是我就整理出来这么一批，喊了小区里收废品的大姐来取。大姐一来，张嘴就说："哎呀我的妈呀，这么多年了，你这儿是我在这个小区里一次性收到废旧书、报、杂志最多的地方，没有之一！"当时我听到这话百感交集，不知道大姐这到底算是夸我爱读书呢，还是说我不爱惜书，大姐这一句话让我想了半天。因为读书多，品类杂，对大量高品质图书的日常阅读，已成为融入我骨血的习惯。所以关于读书这方面的感悟和知识的分享我是没有问题的，于是这个赛道也成了我的选项之一。

第三，传播，即传媒领域。我进入传媒领域工作将近三十年，从广播电台到电视台，做过各种职业，经历过大大小小的场面，积累了不少经验教训，自认为有足够的底气支撑我做声音表达和现场演讲方向的内容。自身的积累是一个很重要的基础条件，因为我具备了，所以这个内容赛道，也在我的选项之内。

　　通常选择是最难的，它决定了后面的道路是相对平坦还是坎坷，所以一定要慎重。

一句话知识点：

　　三百六十行，行行出状元。跟风上热门赛道并不一定能给你带来财富，真正能帮助你有所收获的，是自己的知识和能力。

多元融合：找到最适合自己的方向

　　迟迟举棋不定，我开始寻找新的解题方法。当我站在更高维度上去理解和认知短视频的时候，忽然找到了问题的答案——在这个新媒体的平台上，相对于单一的垂直赛道，我完全可以将自己的几个选项融合成一条复合赛道，就像哪吒一样，拥有三头六臂。

　　那具体该怎么做呢？更高维度的复合赛道玩法并不是"东一榔头，西一棒子"，比如一个账号不仅要发布美妆类内容，还要加入知识类内容，又要同时涉及美食类内容，内容的跳跃性比较大，其实不是这个意思。无论横跨多少条赛道，账号的核心因素一定是人本身。比如你的账号是以主播出镜口播这种形式为主的，那么所有的视频就都以真人出镜口播的形式就可以了。至于内容，因为人本身的特质是多元的、复合的，就不需要担心内容单一枯燥了。

我画的工笔草虫扇面

　　我的定位是"丹青旅者"，主题是"读书、读画、读生活"。"读书"是我要分享自己在读书当中收获的知识或者感受；"读画"是我想要讲一讲书画艺术创作相关的内容；"读生活"是我要对生活中发生的各种热点、时事、事件发表评论。这就将我所熟悉的领域，用我最擅长的声音表达形式连在了一起。这样的复合赛道，我跑起来是没有问题的。赛道确实需要垂直，但应该是广义的垂直，而不是狭义的垂直，不敢越雷池半步。

　　理清了思路，问题就迎刃而解了，我不需要在三个选项里继续纠结，也不需要用抓阄来胡乱决定，我的第一条抖音祝频就这样诞生了。

　　根据短视频包含视、听多种元素的特性，同时满足我在书画艺术上的私心，我的第一条视频选择画一只工笔蝈蝈——拿出一只真的蝈蝈，再拿一幅扇面，配上相对轻松的音乐，现场写生画了一只蝈蝈。为什么选这个内容呢？我就是想讨个巧，至少在视觉上让朋友们能看到活生生的虫，以及丰富多彩的图画。我觉得这么一个有视觉冲击力的画面，可能会收获更多朋友的青睐，会比听我干巴巴地分享一段读书知识内容，或者关于声音表达方面的技巧更令人感兴趣。而且那幅扇面画的是一盘火红的樱桃和一只翠绿色的蝈蝈，有声有色，也给自己讨一个好彩头，希望"丹青旅者"能做得有声有色。

一句话知识点：

　　能将复合赛道跑好的主播将会拥有一个多元的、全面的、立体的人物形象，如果做不好，将会面临内容分崩离析、粉丝黏性不高的场面，两种各有利弊，选择需谨慎。

首战告负：操作猛如虎，点赞二十五

第一条抖音视频，我是慎之又慎，思虑周全了之后，认认真真地制作出来，选了一个良辰吉日高高兴兴地发布了，结果如何呢？让我大失所望，心里边拔凉拔凉的。

这不是我矫情，实在是心里太受打击了，自尊心太受摧残了，一时半会儿接受不了啊！我发的这一条视频，时长就那么几秒，可我的前期工作是很费工夫的，蝈蝈不听指挥，扇面其他的元素要提前画好，录制角度反复调整，初次接触剪映这个软件，剪辑编辑不熟练，磕磕绊绊地拍了几个钟头，剪了几个钟头，又补拍了几个钟头，又剪了几个钟头，终于完成了。往平台上一发，不能说是无人喝彩吧，反正是掌声寥寥，与自己之前的经历反差特别大。我在很多地方做过讲座，比如在国家图书馆、首都图书馆这些地方讲书画，也做过现场示范，观众的反应非常积极，互动氛围很强烈。但是在线上平台就不行，

十年前我在国家图书馆做的艺术讲座

我的感觉就好像是自己深夜在一个郊外的山谷里做这件事情似的，周围没有人，自己突然陷入那种很孤独的状态，极其尴尬。这种感受肯定不是我一个人独有的。

现在各领域、各行业的大咖们纷纷登录抖音平台分享自己的内容，一上来期待满满，毕竟都是在线下做讲座的时候，现场人山人海，座无虚席，就差卖"挂票"了的知名人士。在掌声中登上讲台，讲完每一个段落之后都是掌声雷动，这种状态、这种氛围他们已经习惯了。然而到了抖音上，发布一条内容，无人理睬，这种反差很难适应。但人的意志力是分三六九等的，很多行业精英会比一般人的忍耐力高一些，毕竟他们都是克服了很多困难才成为行业里的佼佼者。到抖音平台上也一样，发布了第一条内容，效果不理想，受了点刺激，没关系，持之以恒，相信水滴石穿，继续干。当他们一次又一次地受到打击，到了一个月的时候，就有一部分人撤退了，觉得这不行，实在做不了，以后再也不做了，因为他已经衡量出这性价比不合适了，只有少数人还在继续坚持。但是我发现，如果一直在这个坑里走不出来，没有任何人给他相应的有效提示的话，那么再坚决、再有韧性的人，能坚持的时间极限一般是两个月。如果到两个月还是这种无人喝彩的情况，意志最坚决的人也会放弃运营抖音账号。这是很常见的一个现象——很多刚开始运营抖音账号的人，不出两个月就自信心崩溃，账号沦为半荒废状态。

　　出现这个现象并不是因为主播肚子里没有干货，也不是因为主播的表达能力和方式有问题，除了与新创建的账号初始流量不会很大有关之外，更大的问题出在了很多人误将抖音账号当作微信朋友圈来运营。我研究过很多人失败的原因，大部分走的都是这同一条路，掉的都是这同一个坑，使得满腹才华的人呈现出来的视频作品毫无传播性。至于出现这个问题的原因，我反思过，结论是主播对抖音平台规则不熟悉，导致无法赋予知识性的内容以具有平台特色的强大传播性。尤其是短视频的前五秒，如果不能吸引住观众，那这条视频就失去了它的生命力，后面满满的干货就变得毫无价值。切记，知识性与传播性，一定要两手抓，且两手都要硬。

　　这是我进入抖音平台之后摔的第一个跤、掉的第一个坑，我相信它是具有普遍性的。另外再讲一个具有普遍性的现象。

　　有好多刚开始运营抖音账号的朋友，寻思着看看别的大主播初期是怎么做的，好吸取一下经验。不看不知道，一看好家伙，怎么人家发的第一条内容就有那么多的点赞量呀，自己一下就没有信心了。事实其实不是这样，可千万别被吓住，所有新创建的账号发的第一条视频的点赞量和阅读量都不会特别惊人，这就应了一句老话，饭要一口口地吃下去，那点赞量也是一点一点涨上来的，它有一个时间维度在里边儿。就比如我最初发布的那一条视频，我形容它是"一顿操作猛如虎，点赞不过二十五"，可现在来看点赞量至少有三千了，为什么呢？因为我后来做出了其他的爆款视频，由那条爆款视频点进来的观众，有的会顺着你的作品列表往前翻，翻到了最初那条，顺手点了个赞。所以，看问题不能看表面，还要结合发展去分析。

一句话知识点：

　　到什么地儿唠什么嗑，上什么山唱什么山歌，这都是规矩，得遵守。以不变应万变，有时候是不灵光的。

探索不止：世上的路都是人走出来的

踏入抖音平台的"首战"成果并不理想，这在一定程度上打击到了我，却不至于将我击退，反而激起了我极大的兴趣，继续去探索这个领域，正所谓"知己知彼，百战不殆"。经过一段时间的观察和摸索，我收获了以下四个方面的结论：

一、视频内容更倾向于输出，而非分享。

朋友圈模式是一种生活分享模式，你可以在自己的朋友圈里连续发每天读了哪本书、画了哪幅画、去了什么地方，因为朋友圈里基本上都是熟人。但是在抖音上绝大多数都是陌生人，陌生人是不会关心你的这些日常琐碎内容的，所以我认为抖音的模式更偏向于内容输出。《周易》中讲道："变则通，通则久。"于是我很快就对自己的方向做出了修正，把简单的"我做什么分享给你看"，变成"我能为你带来什么价值"。

同样是书画相关内容，我换了一种表达方式

这是一个本质上的改变。

　　举个例子来说明，我的第一条视频是画了一只工笔蝈蝈给大家欣赏，而在后来的视频中，我改为告诉大家如果要练字的话，坚持多长时间才能见到效果；如果家里的小孩才三五岁，就让他开始习字画画合不合适；如果想提高自己的表达能力，要坚持做什么样的练习……我开始尽可能多地发布一些可以为大家真正解惑的、能够带来价值的内容，关注我的陌生人就开始慢慢地多起来了。

二、惊艳的视频前三秒是完播率的重要保证。

　　不知道大家有没有注意到，在聊天的时候，大家往往会把最关键的部分、最精彩的部分放在后边说，这样好像显得更加温文尔雅、更加平易近人。但这种表达方式在抖音上是非常致命的。这不是因为在抖音平台上活跃的用户特别没有耐心，而是由它的机制来决定的。在抖音上，大家用手指头往上面一扫，很简单的一个动作就可以刷出一条新的视频。一般人会按照习惯看个三五秒判断一下这条视频值不值得继续往下看，如果我的视频在前几秒钟无法抓住观众，就已经被别人划走了。那后边再有什么珍贵的黄金钻石都没意义了。所以，一定要把最漂亮的、最吸引人的部分放在视频的前五秒或者前三秒去说，这恰恰是新闻传播学中提到的"倒金字塔"结构。

除了要紧的话一定要放在前面说之外，"挂羊头，卖狗肉"也是一种非常有效的留住观众的办法。一提到这个说法，大家的第一反应一定是一个贬义词——标题党，其实在有效的传播过程中，内容是需要一鸣惊人的，如果"羊头"足够惊艳的话，偶尔拿出来挂一挂也无伤大雅。

三、视频形式要选择自己最擅长的方式。

在内容传播模式成功转型之后，我又开始了对于视频形式的探索。我发现很多短视频要么是主播随手拍的内容，要么是用一些经过剪辑的影视作品中的片段凑成的短视频。而我则把这种常见的剪辑形式统一为真人出镜口播的形式，不但环节更简化，精力、时间的投入产出比也更经济合理。

自己拍自己说话，这有何难？我平时张嘴就能说话，和朋友们也能对话，为什么在抖音上不能做真人出镜的口播呢？而且相对于剪辑拼凑，这不更加简单省事吗？不瞒各位说，当时有那么一瞬间我也考虑过美颜，但这个念头在头脑中也就是一闪而过，没有过多地当作重点去考虑，就这么一咬牙一跺脚，没事，我胆大也不嫌寒碜，真人出镜又有何妨？再说了，从前在传媒领域做过那么多年的播音员、主持人，面对镜头我肯定

真人出镜口播，这有何难

不怵，拍出来的效果肯定也不会差。何必一定把抖音平台各种
美颜工具都用一遍，那样的话，我恐怕真成"老黄瓜刷绿漆"
了。后来事实证明我是对的，我觉得这点应该归功于我过往的
职业经历。

那没有播音员、主持人经历的朋友们该怎么办呢？不用
担心，你可以找到一个物体或者一个虚拟形象来代替你的交流
对象，这样应该就可以免除自己面对镜头的紧张了。

四、以包容的心态踏入开放的平台。

人处在社会中，总会听到各种各样的声音，我也不例外。

我觉得初入平台的自己确实是有点儿"玻璃心",怎么说呢?发布最初的几条视频之后,评论区里的留言虽然不多,但总有人说的话是我不太喜欢听的。我也不知道那人是谁,是干什么的,就很可能会因为不喜欢他的言论把他拉进黑名单,或者把他的评论删除。

这么做虽然没有错,但是在抖音平台上完全没有这个必要,要允许一定的争议,让看视频的人畅所欲言,只要他不骂人、不吐脏字、不说特别过分的话,放在那儿又有何妨?抖音本身就是一个开放的平台,置身于此要有一定的气量和容忍度,毕竟最后的受益者是你自己。抖音平台按照数据来判断一条视频的价值,关系到后面会相应地给多少流量支持,并不是说单纯计算夸赞的评论数,有不同意见的声音争论起来,会给视频持续加热,到最后让这条视频变得火爆。我觉得这是抖音平台的一个特有的算法,它和之前的微信朋友圈大相径庭,我们一定要认识到这一点。

连续发布视频且观察了一周以后,我果断地把自己内容的垂直类别由最初的"书画"放大到"文化"这样一个更深的维度上。这是为什么呢?经过观察,我发现某些垂直类别相对来说属于窄众领域,很难在粉丝量上有所突破。我曾看到过一位视频主播，他是写书法的，写得非常棒，简直无法用更多的溢美之词来形容。他发了几百条视频，账号运营了至少有两年的时间，但是他的粉丝量也就两万多，这个量级在抖音平台上是微不足道的。因此我判断如果我单纯地发布书画这个窄众领域的视频，前途将非常堪忧。于是我大胆地把"书画"放大到"文化"，同样一条赛道，从乡间的羊肠小道搬到宽阔的高速公路上，我跑起来怎么也是飞驰级别的了。

简而言之，内容赛道一定要远离曲高和寡、敝帚自珍的完美主义，尽量踏入大众所认可、认知并且感兴趣的领域，持续为大家输出有价值的内容。这个路子如果在最初的摸索阶段就预先感觉到，那发展起来就相对比较占便宜了。

一句话知识点：

坚持自古以来就是毋庸置疑的好品质，但不能用错地方，毕竟古人也说过，不能在一棵歪脖子树上吊死。

心诚所致：毅力、忍耐、坚持

　　我坚信抖音平台强大的人工智能算法一定有一个重要的参照项，就是毅力、忍耐、坚持，这和视频主播的智慧、才华、能力无关。对此，我有特别强烈的感受。

　　我运营抖音账号最初的一个多月里，发布了二十多条视频，收获粉丝一百七十四个。这个成绩平淡无奇，没有任何可圈可点的地方，大多数视频主播在最初阶段的成绩应该都比我要好一些，所以我从不认为我在才华、智商上比其他人有什么优势，但是我的忍耐力、毅力要比一般人高一点。打个比方，假如一百个人去做同一件有难度的事情，九十九个都已经撤了，剩下的那一个人很有可能就是我。

　　从另一个角度来看，我可能真的是一根筋，比较轴吧，这是一把双刃剑。我说的抖音平台的人工智能算法一定会看重忍耐、毅力和坚持，并不是说要我们去强化冥冥之中的那些玄而又玄的东西，而是要去争取某些我们看不见的隐藏变量。

　　举个例子来说，一个书法类的视频主播，他每天就发一个字的写法，教大家怎么把这一个字完整美观地写下来，日更一条，没有任何变化，他的每一条视频的点赞量也平淡无奇，都保持在一个很低的水平上。然后就是这么发着发着，坚持了差不多一个月的时间，有一条突然就火了起来。其实他写的字和以往没有任何笔法上的变化，额外的视频元素也没有，但是这一条就异军突起了。所以在抖音平台的人工智能算法之中一定富含很多隐变量是我们未知的，而这个隐变量一定与毅力、忍耐、坚持有极高的关联度。

　　而我的坚持，在一个月零十一天的时候，终于守得云开见月明喽！

一句话知识点：

　　皇天不负苦心人，如果第三天将会冲出黑暗，就不要在第二天的晚上结束奔跑。

第二章

百万达成

扶摇直上：一气呵成爆款视频

　　我的第一条爆款视频和时代脉搏息息相关，"同呼吸，共命运"说得特别有道理。庚子年春节，新冠肺炎疫情暴发，随着武汉封城，全民开始了居家防疫的生活。一切突如其来，但难不倒中华儿女，我们很快就从恐慌中站了起来，开始构筑防疫长城。武汉作为疫情中心，牵动了全国人民甚至全球人民的心，当时我们喊得最多的口号除了"中国加油"，就是"武汉加油"，口号很给力，但似乎在语言表达上过于直白，在给力之余缺少了些许内涵，尤其在接下来的这件事情的映衬下，更让我们觉得如鲠在喉——日本支援中国的第一批口罩外箱上，贴着一句话："山川异域，风月同天"；第二批口罩外箱上则贴着："青山一道同云雨，明月何曾是两乡"。

　　充满中国诗词韵味的两句话，让所有中国人千般感慨涌上心头，虽然后来有人说这两批口罩是来自旅居日本的华裔之手，纸条也是同胞写的，但当时的我们不知情，只觉得人家的话怎么就说得那么优美，我们明明有那么深厚的文化底蕴，为什么会出现这种尴尬呢？

当天下午两点，我从央视新闻里看到这条信息，一时间感觉千言万语不得不讲，便马上写了一条视频文案直抒胸臆。很多人都说写视频文案很费时间，很费精力，要很努力才能做出一条优秀的视频。错！这话说得片面，好的文案很有可能是一气呵成的，因为只有创作者很顺利地一气呵成，观众在看的时候才能淋漓痛快。比如我的这条视频文案，内容非常短，写好之后直接录制、剪辑、发布，前后总共用了差不多半个小时，非常快速、顺利。这种因情而起的行动力让我的视频意外地与央视关于这条新闻的评论打了个时间差，我第一时间就发布了评论，而关于这个话题的央视评论是在第二天晚上才发布的，于是我这个抖音"菜鸟"在懵懂间捡了一个大便宜——因为防疫需要，每个人都只能闷在家里，刷手机几乎是大家参与最频繁的娱乐项目，所以当时是一个流量空前巨大的风口，再加上"山川异域，风月同天"的刺激，大家心里积蓄了共同的情感期待，且这种期待已经达到了峰值，这个时候就看谁说出来的话能代表大家的心声，能够替大家直抒胸臆，谁就从这一事件中收获成功。

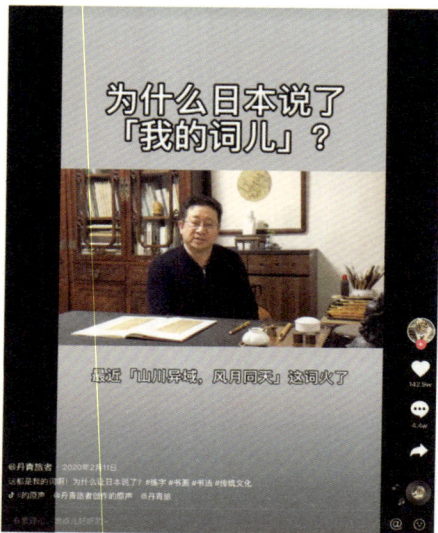

为什么日本说了"我的词儿"

我的那条视频题目就叫《为什么日本说了"我的词儿"》。"最近'山川异域，风月同天'这词火了，今天又一句'青山一道同云雨，明月何曾是两乡'。你品，你细品，心里惭愧不惭愧？"我有感而发："我辈弃之如敝屣，他人拾之若珠玉。"这句话现在成了百度上的一个固定词组，这句话是怎么来的呢？"弃之如敝屣"是古人传下来，"我辈"是罗振宇的跨年演讲的词汇，我把两个词组合起来，再作一个对仗句，正好把中国语言那种优美的韵律和节奏体现出来了。"这不是偶然。唐代的毛笔咱们一支没有，日本正仓院那儿十七支摆得整整齐齐。"这是我多年从事书画艺术研究所掌握的具体行业信息，非常准确，没有错误。"所以啊，今天人们学书法，学的不是横、竖、撇、捺的基本写法，而是接祖宗的魂、续文化的根，千万别再重演当年拿黄花梨家具换电镀折叠椅的蠢事。"最后提到的这件"蠢事"是改革开放初期实打实发生过的事儿，令人扼腕叹息。

至此，一条视频结束了。开头说起因，然后是一句充满感情的慨叹，再展开说说叹息的原因，最后回归主题。这条视频里面集合了各种文化信息，我把自己肚子里多年的存货拿出来，有机地盘活，在这一条视频文案上爆发出来，每一句都措辞精炼，表达恰在关键点上，节奏层层向前推进，丝毫不拖延。

视频发布当时，我的账号粉丝仅有 174 个，从下午两点半发布到晚上六点左右，视频播放量仅仅 100 次，但是点赞量奇高，有将近 40 个，评论特别多，转发量我没有太在意，数据记不太清楚了。

在抖音，"播赞比"是评判一条视频优劣非常直观的评判数据。简单来说，一条视频的播放量是 100，点赞量是 10，播赞比为 10∶1，这就是一条优秀的视频了。那么按照这个标准来评判，我的视频播赞比是 10∶4，比优秀标准还超出不少。但我对于这个数据并不满意。优秀视频的另一个数据标准是在发布后的两个小时之内收获 2000 个以上的点赞，要达到这个标准是需要平台流量支撑的，作为新手大概率无法获得这样的流量推送，直接结果就是即使视频很优秀，也无法被更多的人看到。当时我觉得特别不公平，心情很郁闷，觉得抖音平台说自己的人工智能算法多么科学，其实也不过如此，随它去吧！于是，我就放下手机去吃晚饭了。两个小时后，我再打开手机时，被消息通知栏里面的各种提示吓了一跳，怎么这么多条？我忙打开抖音一看，评论、点赞、转发处都提示 99+，新增粉丝数也是 99+，这太惊喜了，如果要用一个词来形容我当时的状态，那简直是"穷人乍富"！我打开新增粉丝列表，想看看是谁关注了我，刷了几下发现都是陌生人，又关上了。两三秒之后，又是一个 99+！这种状态持续了大概两天一夜，各种数据疯狂上涨，粉丝量也从174 个，增加到近 40 万个，我心里倍儿爽，感觉自己可能是不经意间制造出了一个"爆款"，因为有很多十几年没有联系的来自五湖四海的朋友当天晚上都联系了我，说在他们的朋友圈或微信群里看到别人转发我的这条抖音视频。我恍然大悟，有流量支持的感觉原来是这样的！我就像是一个驾校还没毕业的小白，直接被推上了 F1 的赛道，周围全是风驰电掣的跑车，那种感觉太刺激了。

那时候我自己也不知道该怎么办，因为从来没见过这么多的评论。刚开始我还傻乎乎地礼节性地一条一条回复，毕竟看过的"教程"上都说新手要做到有评论必回复，后来实在是追不上评论增长的速度了，评论内容看都看不过来，更

别提逐条回复，只能在心里默默地感激这些支持我、喜欢我
的朋友了。

一句话知识点：

　　运营抖音账号，就像是种一株苗，尽心尽力地培育，等
到一个适宜的时节它突然就开花了，再经过一段时间的坚持不
懈的努力，它一定会结果。

冷静总结：三分天注定，七分靠打拼

　　俗话说，胜不骄，败不馁。成功的喜悦劲儿过去之后，我对这一次制造"爆款"的经历进行了冷静地分析和总结。

　　首先，我认为爆款视频一定是与社会热点事件相关的。突如其来的新冠肺炎疫情是当时不二的社会热点，口罩作为紧缺的防疫物品自然易于引起社会的高度关注，其来源又是一个与我们关系微妙的邻邦，再加上这些年来大力弘扬中华优秀文化的大背景，在这个"被迫"居家、只能捧着手机娱乐自己的时间节点上，新闻的关注度被提升了不知道多少倍。于是"山川异域，风月同天"几个字一出现，就迅速引爆了大家的情绪，同时被异常广泛地传播开去。

　　其次，爆款视频的发布时间非常有讲究。这一次的体验让我弄清楚一点：下午两点左右是发布视频的"垃圾时间"，在这个时间段发布视频，大概率会像中国跳水梦之队在历届奥运会上的表现一样，非常华丽地完成了所有的动作，然而一点水花都没有。那么这个时候可能就会有朋友问了，社会热点讲究时效性，如果为了错开"垃圾时间"，追求发布的最优时间段而失去了时效性怎么办？以我这次的经验来看，我虽然是最早一批对这件事发表评论的视频主播，但我的视频同样是在晚上六点之后的"黄金时段"火起来的，至于比央视评论速度还快这件事儿，应该要归功于运气了。

第三是自身对社会热点新闻的敏感度和文化积淀。我这个爆款视频的产生是有偶然性和必然性两方面因素的。如果那条新闻发布的时候我没有注意到，或者我看到了新闻却没有写

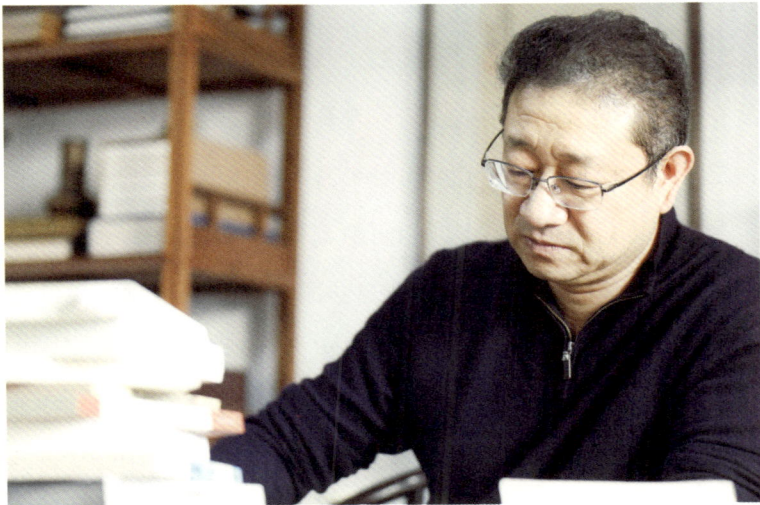

练笔杆子这事儿，一天都不能放松

评论，那这一次的流量风暴我就错过去了，这是偶然性。那么必然性呢？就是我自身的文化积淀。自小研习书画，不仅让我对这方面的信息更加熟知，也让我对传统文化产生了浓厚的感情，在看到"山川异域，风月同天"的瞬间就感慨万千；我曾经做过六年主编，写时事评论是每天必须完成的功课，不仅自己写，还要给当时栏目组的记者们修改稿件，连续五六年如一日，对于新闻敏感度和评论语言的锤炼是有很大帮助的；我毕业于中国传媒大学，学的是播音主持专业，"科班"出身再加上职业道路上无数次的救场经历，让我可以更加迅速地以口播形式录制一段视频用于发布。最为主要的这三个自身条件，让我省去了很多查资料和反复思考推敲的时间，将自身的优点和长处充分地发挥出来。经过实践，我认为这种跨界融合、多维度立体支撑的形式非常适合在复合赛道上飞驰，这是新媒体平台给予我们的机会，只要有足够丰富的内容积淀，那么平台一定会确保你呈现出足够多彩的面貌。

最后就是抖音的人工智能算法了。这一次视频的爆红让我对抖音的流量机制有了一定的了解。如果我没记错的话，抖音的流量池分为八个级别，我的这条视频应该是从低到高逐渐进入了顶级流量池，而后被全网推送给更多的朋友观看。我陆陆续续看了很多网友的评价，不仅限于抖音平台的，还有其他视频平台的，从大家的反馈中可以看出这条视频的质量对得起大家的厚爱，与我而言实在是一件幸事。

　　总结来看，经历过视频的无人问津和众人相和之后，自己的内心会更加平衡。平台的算法的确有科学性，也算是相对公平的，所以当一条视频发布后播放效果差强人意的时候，还是要多从自身找原因。某一条视频的爆红，并不能说明我这个新手的总体水平一夜之间猛然上升了，我还是有短板的，有需要补课的地方，所以在接下来的这些视频里要慢慢去摸索。

一句话知识点：

　　收获成功的时候，喜悦固然应当，但由于这次成功而开阔的眼界、增长的见识更为重要，它会对以后工作的开展大有启发。

突破瓶颈：以改变对付不变

第一条爆款视频给我带来了将近四十万的粉丝量提升，但自那之后的两个月时间里，我的抖音账号粉丝量的数字一直停留在四十万之前，一动不动。这既与我分神去关注家中长子的高考，并没有全神贯注在抖音账号运营上有关，也与我之前说的能力并未全面提升有关。能力提升不是件一蹴而就的事情，我当时的状态就像一个由参差不齐的木板组成的桶一样，看起来有些方面格外突出，但整体来看弱点很明显，于是改变迫在眉睫。

我对于抖音账号运营方式方法的调整一直没有停止过，主要有两个方面，一个是形式调整，一个是内容调整。

先说形式调整。第一条爆款视频打造出来之后，我的很多朋友尤其是当初"扶我上抖音战马"的老友肖映峰都开玩笑地跟我说："你真是能省就省啊，粉丝量都从一百多个涨到几

在朋友的提醒下，我丰富了自己的拍摄设备

十万个了，你拍视频竟然还这么凑合事儿，连个补光灯都没有，这不合适吧？"不瞒大家说，我当时录制视频用的纯粹是自然光，要么是书房窗户里透过来的自然光，要么是书房顶上的灯光，就这么两个光源，所以早期的视频里人脸都是黑黢黢的，视觉效果确实不怎么样。我自觉很愧疚，很是对不起支持我的粉丝们，于是马上买了两个补光灯，又买了一个提词器。虽然我自己背自己写的词没什么太大的难度，出镜口播也问题不大，但是有一个提词器放在那里，我可以更好地把握语言节奏，效率也随之提高。在这里我要强调一下，提词器对于以真人出镜口播形式录制视频的主播非常重要，这是一个小细节，可以在硬件设备上支持你有效地提高自己的视频质量。

　　接下来说内容调整。每个人所擅长和熟悉的内容领域基本上是固定的，跨度过大的内容调整会使你的账号给人一种割裂感，不利于增强粉丝黏性。而对于相同内容在呈现形式上做出的调整会让你很容易找到提升自己的方向，因为抖音平台对此是很敏感的，它会用数据简单直白地告诉你这样的调整是对还是错。

　　我举个直观的例子来解释一下自己的观点。比如诗词文学，最简单的呈现方式就是朗诵，真人出镜，从头开始，朗诵到尾，这种非常规范的呈现方式没有任何问题，但是它缺少独特性，就降低了别人选择你的必要性。我们换一种呈现方式——沉浸式，在一条视频中，你不但可以信手拈来地将一首诗词名篇朗诵得非常到位、融情入理，而且你随之跟进了自己的解读，在全身心地投入到品味诗词文学之美的同时，又从诗词中穿越出来，让观看视频的人产生一种时空双坐标的融入感，感觉自己立足于当今的时代，回望千百年前，看到诗词文学诞生的原生态是什么样的，再从当时回到现代，我们能从当年的这些诗词文学宝藏中得到什么，从而梳理出可以古为今用的真正价值。这样的内容呈现方式充满了个性，它的不可替代性就随之增强。

完全同质化的内容对于观众来说没有什么意义，如果别人朗诵你也朗诵，那观众为什么非要选择看你呢？陌生人关注你一定是有理由的，而你必须给他一个理由。

推而广之，书画同诗词一样。我们现在展示书画文化，绝不是铺好一张宣纸，说今天给大家演示一下梅兰竹菊的画法，然后第一笔怎么起，第二笔怎么落，第三笔怎么画，最后题款盖章这样线性地去呈现，因为它没有能够吸引人的独特性存在。

当今的新媒体时代并没有降低传播的要求，反而增强了。在书画专业领域，你自身要有过硬的干货，同时要能够给出精彩的现场展示，还要有深入的解读，并且设身处地地换位思考，思考观看人的疑虑所在。比如我看到你在画花鸟鱼虫，那我能不能也画成这样；"字如其人，画如其人"到底是个什么道理；如果一个零基础的人现在要入门来学习书画，大概需要多长时间能画得像模像样……让对方在观看视频的时候，不但能从视觉上学习到是怎么操作的，还能在思想上与你同步，这时他就找到了学习的拐杖，觉得你这个老师是实实在在的。也许在线下，你们的地域相隔千里，但在线上，由于你教得特别认真仔细，所以他感觉这条学习路径非常适合他，而你也是不可替代的，固定观众就这样留了下来。这就是内容呈现方式不一样带来的观众感受的差异，虽说核心内容没有改变，但收获的效果截然不同，是有着天壤之别的。

　　另外，有一个常见的误区，我想特别提出来讲一讲。我们每个人都生活在社会中，每天都有时事新闻、热点事件发生，很多垂直类别的主播觉得这些热点不在自己账号的垂直内容范围内，就与自己无关，这种想法是错误的。

　　同一个事件我们不一定非要都从八卦的、娱乐的、流行的视角简单地关注它，举个例子，"徽州宴"这件事尽人皆知，而且关注的视角各不相同，既有从城市里到底怎么养犬才合乎规范这个角度评论的，也有从企业是否偷税漏税这个经营角度来说的，还有从这种行为在法律上如何判定这个角度去看的。那么我作为一个文化知识类的主播，这个热点该怎么处理呢？就从文化视角来评论。我从《增广贤文》里的名句"妻贤夫祸少"开始讲。这是千百年来大家共同认可的传统文化里面非常有道理的一句名言，意思是如果妻子很贤惠、知书达礼，那么作为她的先生，就能少遇到一些突如其来的灾祸。用这个名句的角度再来看"徽州宴"事件，是不是又多了一个全新的角度？所以客观地说，文化知识灿若星辰，琳琅满目，不能简单地、狭义地、机械地划分垂类，各种垂类的划分只是你自认为的而已，其实各种文化都是可以打通的，只要你达到了一定的高度，从更高维度的视角来俯视就会发现文化内在的通道。也就是说，只要这个主播是以读书人的人设出现的，所有的文化都可以一以贯之。

　　我对于内容表达方式的调整立竿见影，调整之后，停滞两个月的粉丝量又开始进入到上升状态中，很快就突破了一百万的数字大关。

一句话知识点：

　　改变不是漫无目的地敲榔头，是在熟悉了平台机制的基础上，根据自身的情况作出的策略调整。

梅开二度：不吐不快之言竟成爆款

不同于我曾经接触过的其他媒体平台，将很多曾经屡试不爽的经验运用在抖音平台上的时候，未必都能一如往常地奏效。我曾经做过这样的尝试，结果让我大跌眼镜。

制造出第一条爆款视频之后，我一直在摸索到底什么样的内容能够吸引更多的人关注。当时正值七夕，也就是中国的情人节，我顺势发布了一条抽奖的视频，奖品是我自己画的一小幅荷花鸳鸯图，非常应景。于是我高高兴兴地剪辑好视频就发布了，满心欢喜地期待着结果。一来抽奖这种形式自古以来就很讨老百姓的喜欢，它不费什么工夫，刷到这条视频的朋友给我点个关注点个赞，就成功地参与了活动。二来我在书画界也算小有所成，作品也是有点价值的，如果不了解这个领域也没关系，这样一张寓意美好的小图摆在家里也可以添点喜气。无论从哪个角度想，大家应该也会想要试试手气吧。三来呢，

一个传统媒体人的新媒体突破   \ 055

人人都有好奇心，如果这个抽奖活动可以将人吸引住那么几秒钟，那他就有可能成为我的粉丝朋友。这么看来，发布抽奖视频对我肯定是有百利而无一弊呀。

结果这条视频的播放效果完全出乎我的意料，真可以说是平淡无奇、毫无波澜，让我大失所望。后来我在翻阅之前视频的评论时突然意识到了：抖音平台上的用户相对更加年轻，尤其是有个性的年轻人居多，类似超市促销送一桶油或者几个鸡蛋的模式，未必能够看到人山人海、好评如潮。这一次的"打击"让我看到了自己的"想当然"。一条视频爆红了，想当然地觉得下一条视频也可以，于是这一条的无人问津给我上了一堂很好的抖音实践课，让我更加客观、更加理性地去策划视频内容。

上面说了一个我认为应该火爆却反响冷清的视频案例，下面来说两个我并没有什么期待却意外走红了的视频案例。

这次爆红的又是一条有感而发的时事评论类视频，题目叫《菜市场正在改变》。

那天一早起来，我到小区门口的个体菜店买菜，店主是外地来京的中年夫妻，一直感慨被社区团购挤得生意越来越不好做，准备下月关门歇业。我看在眼里，既感慨资本扩张无孔不入，又同情身边这些起早贪黑挣辛苦钱养家糊口的普通

菜市场正在改变

人，实在是不吐不快。"越来越看不起互联网这些'巨头'……天天倾尽全力玩概念、吹模式，搅和市场，与民争利……"这个看法也许有些片面，但我说的是自己的心里话。近些年，各种线上团购一茬一茬冒出来，这是大家都有所感受的现象，可大家看在眼里又似乎见怪不怪。我在视频中说："更大的问题是，大量底层的蔬菜商贩，他们凌晨去上菜，挣点辛苦钱，以后靠什么谋生？"

　　冲动是魔鬼，我干脆利索地一口气录完视频，马上又在"垃圾时间"——中午十一点多，大家准备吃午饭的时候，发布了这条视频，但因为这次的视频内容是生活中稀松平常的小事，表达方式有点偏向于情绪表达，所以我对有没有流量推送、有没有播放量、点赞量等等都不在意。自己有感而发、实话实说，说痛快了就完事儿了，毫无功利心。

　　过了差不多半个小时，我再次拿起手机，像上一次视频爆红一样，播放量、点赞量、转发量、新增粉丝量暴增，因为有了上次的经验，所以我没在这个现象上惊讶多久，真正触动我的是抖音平台提示信息告诉我，这条视频正在"抖加"加热中……这太莫名其妙了。

　　我这个人有点轴，刚开始运营抖音账号的时候非常坚持两件事儿，一是不认证不加 V，从零开始，就是一个普通人的普通账号；二是不投抖加，我又不搞什么营销，而且节俭这方面，我和师父娄师白、师爷齐白石一样，都有点"抠"，觉得花那个钱干吗呢？所以当时我看到那条抖音信息提示的时候有点蒙，是我的账号被盗了吗？这钱是怎么投出去的？且不说我有自己的运营原则，就说这条视频，流量情况这么好，山呼海啸一样地扑过来，我实在是没必要在大海之中再添上几滴水呀！于是我到自己的抖音数据后台一查，查到了给我投抖加的人，是陌生人，还不止一个。我查看了一下这些人的抖音信息，从他们发布的日常视频中大概判断出，他们有的是卖肉的、卖鱼的，有的是卖蔬菜水果的，他们就是我在视频中提到的那些底层的菜贩，生活并不富裕，但他们真金白银地掏出钱来给我这条视频加热，又是为了什么？

　　这是抖音平台的机制之一。如果陌生人看到你的视频，认同你所表达的观点，或者觉得你这条视频是有营养的、有价值的，那他会点赞，这是他的态度的最基本表现，同时也有收藏的作用。如果点赞不足以表达他的态度，他可能会有表达的需求，就会在评论区留言，当然评论区不见得完全是你的赞同者，也会有不同意见或者其他观点要表达，但无论哪种情况，这都在某种程度上体现出他对你的关注。如果点赞和评论还不足以表达自己强烈的情绪，那他会选择转发，因为你说出了他的心里话，他要让你的声音被更多的人知道。如果点赞、评论、转发都做了，还不足以表达他想要流露出来的这种心情，他就会用自己口袋里的真金白银投到平台上来给你买流量，也就是抖加加热，让更多的人看到你的这条视频。

我的那条视频仅抖音平台的播放量就超过了一千万次，给我投了抖加的人可能真的不知道，自己花了一百块钱，为我买来的可能只是几千个播放量，在这一千多万次中真的相当于大海里的一滴水，微不足道，但是他的表达意愿非常强烈，就像我一样不吐不快。他非常坚定地认为我是他的代言人，我跟他有强烈的同理心，我是他的自己人，这种认同感，不管是线上还是线下，都是千金难求的。如果没有这些粉丝朋友发自内心深处如此强烈真诚的支持，一个账号是很难被运营成具有影响力的大 V 号的，这是抖音平台的深层逻辑。我认为它不仅具有精准度，还具有合理性，这正是抖音平台真正的高明之处。

　　说完了高明之处，再来说说我感觉到抖音的有趣之处。

　　由于这条视频更多的是我个人的直抒胸臆，所以文案措辞相对比较尖锐，我压根儿没指望它能有多大的播放量，任性一些也是可以理解的。结果它一下子爆红，使我在惊喜之余多了一些担忧：平台会不会认为这条视频的内容过于敏感、尖锐，会限制流量或者直接删除。当时的感觉就像是虽然这辆车正在急速狂奔，但我脑中总绷着一根弦，担心它会随时一脚刹车踩到底，戛然而止。我的担心不是没有理由的，毕竟在各种平台上我们经常能看到这样的情况。我在这种持续的担心和纠结中度过了一个晚上，第二天惊喜地看到《人民日报》就这个话题发表了一篇评论文章，明确写道，"某些互联网巨头不要只盯着几捆菜和几斤水果，视野要放得更加宽广一些"。至此，我的担忧结束了。

　　同时我发现，由于短视频平台的信息传播和受众阅读量非常大，已经和广播、电视、报纸等传统媒体共同构成新时代信息传播的大生态系统，在一定程度上可以代表广大百姓群体的心声，从而成为舆情。《人民日报》等官方媒体则当然是非常关注大众舆情走向的。

　　真是无巧不成书，我有感而发的这条短视频，无意间触碰到"资本和互联网巨头无序扩张"这个积蓄已久的社会关注点，引发共鸣，冲上热榜。各平台很多主播都开始对这件事发声，更多人参与到讨论中来，给予了底层从业者一定的关注度，致使互联网巨头在社区团购问题的处理上感到了压力。也许有很多关注菜农、菜贩这些劳动者的热心人并不知道，这一波社会热点事件竟然起源于一条有感而发的短视频，颇有"蝴蝶效应"的味道，这就是抖音传播信息的有趣之处，也是它的传播效果惊人之处。

　　另外一条出乎我预料之外的视频，是《战神霍去病》。刚刚说的那条《菜市场正在改变》，里面的内容是和我们的生活息息相关的，然而这一条完全不同。这是《史记》中的故事，讲的是两千多年前的人，视频内容没有与任何现实热点相关，它能够爆红，实属于意外之喜。

　　录制这样一条视频的原因很简单，我读过很多书，尤其爱读《史记》，对其中的历史人物都比较熟悉，尤其对霍去病这位英雄人物，我有非常强烈的表达意愿，所以视频一开头我就说"年少轻狂者，必有天纵之才"。霍去病，一个十七岁的少年，相当于高中二年级的学生，就已打出千秋功业、万里江山。冠军侯个性十足，连皇上都敢怼。汉武帝让他多看看兵书，结果他直接来了一句"顾方略何如耳，不至学古兵法"，意思是说，打仗是随机应变的事，学那些死板的教条有什么用？听听，小子多么嚣张！然后我将《史记》中的《卫将军骠骑列传》

年少轻狂者，必有天纵之才

做了个性化的浓缩，主要讲了霍去病的"四出长安"。从"犯强汉者，虽远必诛"，到千里瀚海、大漠孤烟，再到征漠北、定祁连，最后一次是他躺着出长安，数千将士路边列队相送，使命已达，霍去病病故，终年二十三岁。汉武帝授意：霍去病茔冢当高建如祁连山，就修在朕的茂陵边。霍去病的一生就如同一场充满传奇色彩的闪电战。录到这儿的时候，我的内心波澜起伏，当时真的是热泪盈眶。后来再看粉丝朋友们的评论，确实应验了那个规律——你要想感动别人，首先要能感动自己。

历史故事不是讲个来龙去脉就得了，还得有营养，有知识含量。于是我讲到霍去病十七岁封侯，封号是冠军侯，现在我们说比赛拿冠军，"冠军"一词就来源于此。在此基础上再补充一个与现在有关联的知识点：当年霍去病打了胜仗，汉武帝送上御酒一坛，霍去病接到"快递"，直接倒入泉水中，"三军共饮尽开颜"，从此此地得名"酒泉"。这就把酒泉这个城市得名的历史渊源说了出来，也把知识点、文化、叙事、典故完美地结合在一起，让大家在听故事的同时收获文化知识；然后再来一个穿越古今的结合——"酒泉这个地方，如今还经常有卫星放出来"，让大家看到，我并不是陈词老调地用说评书的方式来讲历史故事，而是用了一种穿越时空、结合一体的高维度讲述方式，语言也是现代化的面貌，虽然我的年纪将近半百，但是我的这种表达方式可以引起抖音平台上年轻的粉丝朋友们强烈的同理心。所以，这一条讲历史故事的视频又成了爆款，合情合理。

一句话知识点：

　　放下功利心，拾起同理心，把自己真实的想法，更加纯粹地表达出来，收获的结果有可能让你喜出望外。

海纳百川：图书推荐，顺势而为

我做抖音以来，从未做过"直播带货"。

原因也很简单——在我的认知和习惯中，我觉得读书是需要静心细品的事情。相对"直播带货"这种形式，"短视频"更适合我沉下心来把自己深入的读书感受分享给大家。

粉丝量大概到五十万的时候，我开始尝试视频图书推荐分享。迈出这一步，应该说是粉丝朋友们推动的，因为在这个时候，我时常能看到有粉丝朋友在评论区或者私信留言，大意是说希望我能给推荐几本值得读的书，而且内容方向多倾向于传统文化类别，这可能跟我在抖音视频中的人设有关系。这样的留言越来越多，指向还有一定的共性，那么当一件事脱离了个性开始带有普遍性的时候，我就觉得这值得我去想一想解决方案了。

对于图书，第一要广泛知晓，第二要深入了解，这本身就是一个对图书的筛选把关过程，然后在视频中转化为对图书内容的解读，这个过程既可以展示出主播的知识结构，又能够体现出本人的价值观，所以推荐图书这件事完全适合文化知识类的主播来做。我给自己的定位正是一名文化知识类的主播，在视频中也经常引经据典，涉及的都是传统文化中的经典名著，有大家常见的也有一些不太常见的，既然大家有多读书的意愿，又这么相信我，那我觉得不妨试一试，将我提到的相关书籍在解读之余再做个推荐，利人利己有何不可？这本身就是一个多赢的事情，所以我就欣然接受并且开始实践。其实我也经常给身边的朋友或者学生们推荐书，但用短视频给大众推荐图书是另一个领域的事情，对我来说比较陌生，一路摸着石头过河到现在，已经过了很长时间，总体上我是很满意的，毕竟从粉丝朋友们的反应来看，我这一步走得很成功。

有一句俗话说：人数过百，形形色色。在这些网友之中，有了解你、认同你的粉丝朋友，他们会非常感谢你的分享、你的推荐，同时还有大量的忠实粉丝，会反复到你的橱窗中去浏览选购所有你推荐的图书，这些行为对于主播本人而言，是一种非常好的激励。主播会非常感激粉丝朋友的信任，从而产出更高质量的视频，推荐更优质的图书，这样就形成了一个良性的互动场。但是线上平台是开放的，有赞成的声音，同样也会出现个别的网友发出不认同的声音，无论是他说"原来你就是个卖书的"还是说一些什么别的话，我们都应该用一种包容的心态去面对。至于这类网友为什么要说这种不认同的言论，我认为没有必要去深入地揣测研究，既可能是一种深度上的不认同，在经过了自己的思考之后对你解读这本书的方式、你的思想、你的认知，他表达了不认同的观点；也可能是直觉上的不认同，人家的兴趣就不在这儿，无意中刷到你的视频，听你念叨了几句图书相关的内容，人家觉得耽误自己看大长腿女主播了，于是本能地不认同你。无论哪种情况，我们都无须太过在意，做好自己的事情足矣。

在不认同的声音里有一种非常有意思——"平常你做的这些视频都很好，都很有深度，我非常喜欢，怎么你这儿还推荐书做起广告来了，让我很失望。"这样的态度严格来说，是未能适应现在真正的互联网状态的表现，这样说的人没有与时代同步。坚决地要求主播提供优质的视频，同时坚决反对视频中有任何广告等变现手段，这就是一种很直白的"双标"——拿圣人的标准要求别人，却拿凡人的标准要求自己，这和俗话说的"端起碗来吃肉，放下筷子骂娘"有什么本质区别呢？

其实，各个短视频平台上的各种主播制作视频，尤其是内容丰富且有营养的短视频，过程是非常辛苦的，有的甚至还需要辅助人员或者团队支持，要付出大量的时间和精力成本，在为大家提供了很好的视频产品之余，是很需要有平台回馈的。有些平台是通过插播广告的形式赚取资金，然后给予主播一定的视频稿酬，而抖音平台的回馈机制比较特别，它允许主播在不影响视频总体质量的前提下，插播一定的广告来变现。这种方式利人利己，可以实现抖音平台、主播本人、粉丝朋友们的多赢局面，所以它的存在完全正常。

如此一来，我们就无须去在意那种"双标"的观点了。刚开始做文化知识类视频的主播可能会不太适应这种言论，觉得无法理解。这就需要自己有一个好的心态，对线上平台中的，尤其是在变现的过程中的各种言论——不仅有对你的视频中传达出的观点的认同和不认同，还有对你的变现行为的认同和不认同——都要用一种包容的心态来看待。前辈留给我们的一句话可以用在此处："海纳百川，有容乃大。壁立千仞，无欲则刚。"

一句话知识点：

无论是做人还是做事，成熟的标准都是你能够用包容的心态去面对自己看到的表情、听到的声音、收到的态度。

万事始难：初体验，理性看待平台带货规则

　　我以短视频形式推荐的第一件物品是一本书——《论语》。选择这件商品的原因有二：第一，我觉得这符合我的人设；第二，我在视频中涉及的、输出的知识观点大量来源于这本书。有言道"半部《论语》治天下"，这确实是一部好书，不但我内心对这本书完全认同，同时我也特别想让更多的朋友们通过这本书受益。像这样一本代表中华传统文化精华的、内涵丰富的书，我觉得非常值得推广一下。

　　虽然这符合我的人设，但是我根本没有用短视频推荐分享图书的经验，那我这第一步是怎么迈出去的呢？首先选定了方向——书，接下来就是落实细节：我到底该选择哪个出版社的《论语》，选择什么版本的《论语》。抖音平台有它的特殊性，在这儿购物和线下购物确实有区别，平台上有一个"精选联盟"，可以简单地把它理解为一个供主播选品的、很大规模

《论语》版本众多，需要精挑细选

的推荐货品池。这个大池子里的商品琳琅满目，我们可以通过搜索找到自己想要的商品，一般新手主播都是通过这个路径来选品的。

　　当时我在搜索框内输入"论语"，按下回车键，我的天哪，"精选联盟"里面有不同商家提供的、不同出版社的《论语》，版本非常多。即便是同样的版本，不同商家给出的售价和佣金又各不相同。如何选择，这里面有很多学问，当时我作为一只菜鸟实在是没办法立马就熟知，是后来慢慢揣摩才明白的。我当时选择的那本《论语》，售价和好评率等各项数据指标是我认为比较公道的，我认为选择的前提还是要以图书本身的质量好和版本优为标准，在自己比较熟悉和总体上认可的前提下，再向大家推荐。

从"精选联盟"的货品池里选定了这本《论语》之后，按照平台规则要求，我就把它挂在了"小黄车"上，录制了《"三思而行"正解是什么》来推荐它，视频文案内容是这样的：

这种两难的情况我们都遇到过：考虑不周，容易做错事；反复考虑，犹豫不决，又容易耽误事。《论语》里的解决方案值得我们参考——季文子三思而后行，子闻之，曰："再，斯可矣。"

这就很有意思了，"三思而后行"我们一般认为它是个褒义词，但孔子认为，考虑两次就够了，并不认同季文子反复思考的做法，因为物极必反，过于谨慎，瞻前顾后，老谋深算也会有其他的弊端。读《论语》，明事理，孔子其实不迂腐，他的方法论朴实贴地，兼顾了效果和效率。

从《论语》里孔子的言论，我们的确能够找到非常有实用参考价值的方法。一部几千年前的古书，里面的内容竟然能对我们现代人做事做人起到指导和启发作用，这多有意义。

"三思而行"正解是什么

我觉得这样推荐没有问题，现在看起来，也依然觉得这是一篇挺好的文案，但毕竟是头一次向粉丝读者推荐分享图书，对抖音平台规则不熟悉，发布视频大约半个小时之后，我惊讶地发现"小黄车"竟然消失了！我寻思着我没把"小黄车"删除呀，怎么就没了？我一看后台，有一条通知，抖音的人工智能算法判定我的这条视频和所推荐的货品之间缺乏逻辑关联，属于违规行为，就惩罚性地把"小黄车"给我下架了。

当时我惊得下巴都掉地上了，这是怎么搞的？这人工智能算法一点儿都不智能，我的视频内容都说得那么清楚了，怎么就跟《论语》没有关联了？我是又委屈又气愤，打算找抖音平台理论理论，但是在讨说法之前，我仔细地阅读了一遍抖音平台的相关规则，找到了"小黄车"被下架的原因。

抖音平台的带货规则，尤其是视频带货，要求主播的短

视频中必须要出现所推荐的商品的实物，比如推荐图书，需要
主播在说相关内容的时候，把这本书的图书实物要么放在桌子
上，要么拿在本人手里，得有主播和图书之间同框发生关联的
视觉元素，这样才算作是视频和商品有关联。如果在视频中没
有出现商品实体，主播只是口头提到了它，或者用商品的非实
物图片贴在视频中，这都是不行的，会被人工智能算法判定为
无关联。这就需要主播与图书供应商建立联络，获得样书。如
何获取样书，咱们后边再说，我继续说这一次的"小黄车"下
架事件。

　　视频发布仅仅过去了半小时，就因为我不清楚平台规则，
导致视频被判定违规，"小黄车"被强制下架了。当时给了我
很大的挫败感，但我也没得抱怨，谁让我没有按照平台规则办
事呢？于是我把这条视频删除，按照抖音平台的视频带货规则
重新录制了一遍，保证了视频与商品的关联性，再次发布。这
一次"小黄车"安安稳稳地停在了上面，我的第一条图书推荐
分享视频终于得以顺利产出。

　　"小黄车"下架之前的半小时之内，有粉丝朋友看到我
第一次推荐图书，非常捧场，还选购了两本。我到现在都非常
感谢那些在我的橱窗中选购商品的、很给力很捧场很支持我的

粉丝朋友。其实他们在这儿购买图书，一是他有实打实的需要，二是对主播的认可和支持，这种情感上的认同和互动非常珍贵。

第一次视频推荐图书的效果不算理想，那条视频当天带出五六本书，后来又陆陆续续有其他网友和粉丝朋友看到，大约一个月的时间内，这本《论语》通过我的推荐卖出了一百多本吧。这个成绩在初入平台不久的主播中应该还算过得去，如果和有一定积累的重量级大 V 号相比，就没有任何可以值得称道的地方了，但是对于我第一次尝试视频推荐图书这种新形式，能有这样的回馈我已经非常知足了，毕竟是万里长征的第一步嘛，至少是迈开了的。

一句话知识点：

俗话说得好，有苗不愁长，你得先把树苗种下去，才有机会体验后面在实践中一步步地摸索前行的过程。

实践真知：文化搭台，分享目录常新

新手上场摔跟头很正常，仗是越打越精的。有句话特别实在，很有道理："在战斗中学习战斗，在成长中学习成长。"别担心，别焦虑，别总惦记着和别人比。新手小白，和头部大 V 相比，流量和热度肯定有差距，但自惭形秽、缩手缩脚，大可不必。尤其在线上平台，绝对不要多想，那些无谓的焦虑特别害人。线上平台中并没那么多人特别关注你脆弱敏感的小心脏。

在比较长的一段时间里，我的视频推荐图书效果并不理想，有朋友就劝我说现在读书的人越来越少了，这图书生意不好做，不如换个品类？我没有选择放弃，毕竟咱不是那轻言放弃的人，尤其是对图书这个类别。我不太好意思说自己是个文化人，总觉得文化人这个自称有点自夸，但我可以说自己是个读书人。读书本身是一种状态，任何人只要翻开书本，那他就是个读书人。读书人是一个状态的描绘。作为读书人，我从小到大一直在读书，闻到书香就会有一种很天然的亲和感，对图书的了解也是很有自信的，所以我无论如何也不会放弃图书这个类别，在这个选择上我一点都不犹豫。事实上在这一年多的时间里，我推掉了很多主动找上门来寻求合作的其他品类的商家，一直坚持以图书推荐为主，这不但是思考也是实践。

当然除了图书类别之外，我不会彻底排斥其他类别的商品去推荐。但选择不是盲目的，也得按照一定的逻辑来决定。我的原则是，其他类别的商品同样要具有相应的文化含量，并且和我的人设要有关联。不能说哪天我突然给大家推荐起化妆品了，再教大家化一个烟熏妆，这不行；或者哪天我突然站起来给大家展示了一下脚上这双鞋不错，希望大家都去买一双体验体验，这也不行，这些都跟我的人设"失之毫厘，谬以千里"。所以我选品还是要以文化的关联度为主，要有文化的内在逻辑。

除了图书之外，我还向粉丝朋友们推荐过两种物品，一种是茶，另一种是河豚，都是食品类的。

琴、棋、书、画、诗、酒、花、茶，被称为"文人八雅"，文化元素就含在里边了。我选的商品呢，是北京百年老字号"张一元"的茉莉花茶。接下来怎么推荐它呢？文案可以有很多种，比如：各位粉丝大家好，今天我给大伙推荐一下茉莉花

谁懂江心水与岸边水

茶，这个茉莉花呀真叫香，具体的冲泡方法是这样的，找到什么器具，烧多少度的水，茶叶一放水一倒，等几分钟尝一口，嘿，真是好啊，大家快去买——这没什么文化含量，不适合我。那换一种吧，哥们儿几个围坐桌边，吆五喝六，痛快畅饮，这是美食探店类主播的常用方式，不适合茶，也不适合我。那我作为一个文化知识类的主播，该怎么办呢？我讲了这么一个知识点：《谁懂江心水与岸边水》，这是关于"茶圣"陆羽的一条传说。

当年，陆羽让人去挑水沏茶，说："你去取扬子江心水。"就是让人到扬子江的江心位置去取水，这对应着一句老话："扬

子江心水，蒙山顶上茶"。这个人划着船到扬子江心取了水回来，陆羽接过拿回来的这罐水，舀出来一看说："这不是扬子江心水。"取水的人一点不含糊，说："我确实划船到了江心呀。"陆羽也不抬杠，直接一勺一勺地往外舀水，舀到一半，陆羽说："这才是扬子江心水。"取水的人心悦诚服，说："您真是神了，我这水的确是从江心打上来的，但是划船回到岸边的时候，船一摇晃这罐里的水洒出去一部分，我顺手就在岸边又补了几瓢。"从这个故事中我们知道了，水和茶一定有非常重要的关联性，而"茶圣"陆羽对水的挑剔，有其深层次的文化根源。

中国的茶种类非常多，老北京为什么流行喝茉莉花茶呢？这和水也是有关系的。当年老北京地区的水质不好，喝到嘴里发苦，沏别的茶它不对味，只有茉莉花茶能盖住水的苦味。虽然这些年北京的水质变好了，但是喝茉莉花茶这个老习惯保留了下来。老北京的茉莉花茶是不分人的三六九等、不分阶层、不分职业、不分年龄的，谁都可以喝，大户人家用盖碗喝顶级的茉莉花茶龙毫，拉车的黄包车夫喝茉莉花茶的碎末，俗称"高碎"，大家都习惯了这个味儿。深度解析了水和茶的文化关联之后，再告诉大家，今年新窨好的老北京茉莉花茶已经上市了，有兴趣的朋友不妨一尝。这就是所谓的文化搭台，分享目录常新。归根到底，视频的语境依然没有脱离文化知识类主播的人设，朋友们可以在我的视频里一边感受文化，一边品北京的茶味儿。

另一个我用短视频推荐过的物品也很有意思，是河豚。难道这也跟文化有关系？当然有，可太有关系了！中国历史上有一个著名吃货——苏轼，苏东坡先生，他有一首诗大家应该很熟悉，"竹外桃花三两枝，春江水暖鸭先知。蒌蒿满地芦芽短，正是河豚欲上时。"喏，河豚的文化关联这不就出现了吗？这苏东坡哪，真是一位神人，不光发明了东坡肉，羊蝎子火锅竟然也是他发明的。哪怕他一直被贬谪、被流放，但是他心中一直保有乐观主义，非常热爱生活，到了岭南还是可以乐呵呵地"日啖荔枝三百颗"，所以美食本身也是带有文化情怀的。东坡先生虽然身在逆境中，却可以颇有滋味地享受美食。有时候我甚至在想，东坡先生把自己的人生开阔成了一片永远晴朗的天，即便让他卧薪尝胆，他估计也能把那个苦胆做出七八种风味来。这就是生活本身的乐趣。

有一点我要特别强调一下：选择的商品再有文化价值，商品本身的质量过关和食品安全咱一定不能忘，因此我推荐的并不是活的河豚。大家都知道河豚是有毒的，如果处理不好，那做出来的食品吃下去人可能就有危险了，所以需要有

取我推荐的茉莉花茶，招待我的朋友们

职业资格认证的专业厨师来处理。推荐这种商品，一则不能推荐原生态的活体河豚；二则得推荐正规厂家制作的产品，是经过专业厨师料理过的成品，真空密封，打开加热即食，很方便、很安全；第三呢，我自己是吃过这个商品的，无论是安全性还是口味，都替粉丝朋友们尝过了，没有货不对版的问题存在。包括我前面提到的那款茉莉花茶，我自己平时就在喝，朋友们到我的工作室来，我也用这款茉莉花茶来招待他们，那么我吃到了这款美味的河豚，自然就会想分享给大家一起尝尝鲜。

总而言之，推荐商品之前，一定要足够了解、足够熟悉这件商品，这是给别人推荐商品的最基础、最底层的逻辑，同时也是最浅显、最基本的道德。

一句话知识点：

看再多的商品介绍文章和说明书，都不如亲身体验一下这件商品到底价值几何。在熟知的基础上，摸着良心说话，才足够真诚，从而打动别人。

夫妻小店：无自用，不推荐

　　熟悉、了解、对得起良心，这是选品的大原则。那么更具体的针对图书的选品原则是什么呢？首先必须得是正版图书；其次内容质量、价格、实用性，是否容易让人产生兴趣都很重要；最后最根本的大原则是自己要充分了解，才能给大家推荐。我的做法是自己先试用，然后再推荐，意思就是说凡是我推荐给大家的书，一定是自己先读过的。那种仅凭图书供应商的内容简介，图书内容看都没看过就上架推荐的事儿，我从来没有做过，关系再好的出版社给我的图书我都没这么做过，我觉得这是一个做事的底线问题。

　　说到图书，可能很多人都觉得既然"开卷有益"，那图书还需要特别强调品质吗？当然。图书最起码有个是正版还是盗版的问题吧，还有一些介于正版和盗版之间的书，都需要主播有火眼金睛，替喜欢读书的读者们把把关。这个把关工作还

必须得下细功夫，要更加精益求精地在很多正版的出版物中，替大家反复地筛选最好的、最适合不同层次读者阅读的版本。这是一个精细的活计，那种挑选图书不把品质放在前面考虑的文化知识类主播，在商品品质问题上肯定会有疏漏，这是迟早的事。抖音平台属于二类电商市场，是一个新兴的购物平台，第一波上架抖音平台的图书未必都是尽善尽美的，那些由图书销售商进货来的图书，也未必都是优质版本。平台规则一定是逐步完善的，初期必然存在不规范，个别书商也会用明显不正常的高佣金诱惑主播推荐"并不优质"的图书。我对这种行为是明确拒绝的，不是自诩多高尚，而是因为"不赚亏心钱"是底线。

作为读书人，在这方面的操守，我认为还是非常重要的，而且是需要一直坚持下去的。我希望这个原则可以与正在做以及有志于做文化知识类的主播共勉。

说完远离垃圾书、口水书这件事，我要郑重地介绍一下我的选品把关人，也就是我的爱人。入驻抖音平台初期，我可以选择推荐的图书种类数量有限，相对比较少，我自己就能够解决；随着粉丝量上涨，很多图书供应商闻讯而来，我可选的图书种类就开始变多了。一个人顾不过来，又没必要大张旗鼓地弄一个团队，在必须要分工的时候，我请出了我的太太。

　　为什么选择她呢？因为我们家过日子的方式有点"非主流"，是男主内女主外的。一直以来，书画艺术研究和绘画创作占据了我在传媒工作以外的大部分业余时间，多年以来与书画市场打交道的重任只能落到太太的肩膀上，我戏称，你这个贤内助还得兼任"经纪人"和"大管家"，以至于后面图书选品以及和图书供应商建立联系的工作，我也都非常放心地依赖爱人了。至于我，则是接过爱人选择好的图书产品，仔细阅读，寻找推荐角度，写文案，录制、剪辑以及发布视频，绝不辜负爱人的辛苦。

　　可能有朋友会说，这不就是"夫妻店"吗？如果你觉得这种形式很小农经济特色、上不得台面，那你就错了。其实我早年在南方调研访问过很多规模很大的、看起来非常令人羡慕的家族企业，在创业起家的时候，用的就是这种夫妻店的模式。我们千万不要在事情没有做好的时候好高骛远，按照所谓的现代企业模式，本着什么"工欲善其事，必先利其器"的原则去租一个大的办公场所，弄个老板椅，再整一支团队，招很多人，有负责进货的、负责写文案的、负责投抖加的、负责录像的、负责打光的、负责口播的……完全没有必要在一开始就弄得这么复杂。而且短视频账号本就适合个人运营，短视频的精髓不正是短小精悍吗？"夫妻店"恰恰是效率最高的小团队的经典模式。

这两年市场环境变化，很多行业盈利越来越困难。对于大多数创业者来说，在线上平台进行创业是一个很好的渠道，因为前期投资比较少，容错率相对就提高了。就拿运营抖音账号来说，手机可以说是每个人都有的，用它来做拍摄工具，再买两个补光灯、一个支架，这完全就可以了，有条件的想要更好效果的主播可以再配备一支麦克风、一个提词器，成本可以牢牢掌握在自己的经济承受范围之内。这种低成本低门槛的创业渠道，我认为探索一下还是很有益处的。

"夫妻店"的优势还在于夫妻两个人的熟悉和默契程度远超过你的任何其他创业合作伙伴。夫妻二人共同生活多年，彼此之间有很多事情是不用特别进行一番商议就能完成的。当然必要的商议还是需要的，但在很多具体细节上的复杂沟通完全可以省略。比如我喜欢什么类型的书、对什么方面的内容最感兴趣、我的取舍原则，甚至一些细枝末节的爱好、习惯、个人审美偏好等等，对方足够了解，她就会做出很多不言自明的事情。这种默契很难用语言来描述，尽在不言中。所以我强烈建议很多准备尝试或刚刚开始尝试在线上平台创业的朋友，可以在事业做大之前，先试试"夫妻店"这种简单的模式。"不积跬步，无以至千里；不积小流，无以成江海。"这是一块非常优质而低成本的试验田。

另外一个特别值得一提的好处是，这种以家庭为单位的运营模式，在很大程度上有助于检验货品的价值含金量。

因为我希望自己推荐的图书可以适合不同的读者，尤其可以推荐一些适合孩子阅读的图书。那某本书到底适不适合孩子阅读，我们用成人的眼光来看，很大概率会有失偏颇。我很幸运，有两个可爱的孩子，大儿子已经升入大学，小儿子今年刚刚五岁，所以我可以将不同类别的图书交由他们来阅读检验，尤其是一些适合低幼年龄段孩子阅读的图书，检验效果十分明显。比如有些图书我觉得不错，但是我那小儿子一点都不感兴趣；有的书我觉得并不是特别惊艳，但是它就能够做到让孩子不玩游戏、不玩电脑、放下手机来专心致志地阅读它，这在这个时代简直是一件难于上青天的事。我把它作为一个非常重要的参考指标，将经过我和爱人初步筛选的、适合特定年龄段的图书拿给孩子检验。能让五岁的孩子爱不释手的书，我才拿出来给宝妈宝爸们推荐。经过了孩子的检验，我心里对于这些书的质量就更有底了。

至于长子，我主要让他看一些适合青年人阅读的书，比如《西方哲学史》《中国哲学》这类的书来观察他的反应。毕竟他作为年轻人，一定程度上可以反映出一部分新生代青年群体的喜好，因而我以他的反馈意见作为一条参考依据来决定是否给年轻的粉丝朋友们推荐某本书。

在实践中，这种模式让我受益匪浅，因为它在无形之中完成了"抽样调查"，这对图书选品的质量控制非常有帮助。我本人虽然读过很多书，但是我只能代表我自己，至多加上身边熟悉的亲朋好友和一部分与我同龄的人，而且我更多的是站在男性和父亲的角度上去选书读书；我太太则能够代表一部分女性读者，以及拥有母亲身份的图书需求者；两个孩子呢，年龄差距比较大，恰好可以分别代表低龄和青年这两个不同年龄层的读者。这样一来，我就等于拥有了一个抽样调查的小型样本数据库，再给大家推荐起图书，就有的放矢了。

一句话知识点：

　　守土有责，各有分工。职能齐备的大团队未必能够带来良好的效益，如"夫妻店"一般的小团队或可成为起步的最佳模式。

剑走偏锋：最近距离，未必是直线

　　我以短视频形式向粉丝推荐分享图书的经历中，比较成功的是《夜航船》。

　　《夜航船》是明代的一部百科全书，作者是张岱。虽然知道这本书的人并不多，但它的内容很有意思。它是百科类的书，里面的内容分门别类，非常繁杂。想要推荐这个类型的图书是非常难的，且不说不容易将它的内容介绍全面，就算你可以面面俱到，但读者未必乐意听你唠叨。于是我在写这本书的视频文案时，用了一招"剑走偏锋"，抱着试试看的心态，没想到"无心插柳柳成荫"。

　　《夜航船》的最后一章，讲的是略带一些神秘色彩的"方术"，这是比较容易引起大家的兴趣和好奇的内容。在编写文案的时候，我没有把重点放在事无巨细地介绍全本书上，而是表达了一种特别强烈的意愿，想把自己这么多年来对于方术的认知，系统地、完整地和大家做一个交流。在录制的过程中，我是一气呵成，一吐为快，语速比平时快一点，让观看视频的人，隔着屏幕也能感觉到强烈的表达兴致。

视频一开场，我说："说到方术，会想到《崂山道士》中的穿墙术，从鬼谷子到袁天罡、李淳风，异人奇士众多。民间方术涵盖面极宽，包括天文地理、占卜预测和生活中的超凡技能等等。"紧接着我举了一个例子，说的是我根据一位老先生的生辰八字猜中了"他是家中独子"的事。这听起来玄妙，很容易引起大家的好奇心，实际上是有根据的。方术中有句话叫"子午卯酉弟兄多，寅申巳亥三两个，丑未辰戌就独一。"生辰八字拿来，跟这口诀一比对，最有可能的结论就出来了。那该怎么科学地解读这事儿呢？其实很简单，就是"经验论"，用时髦话来讲叫"大数据"。尤其是古代的"接生婆"，根据

说到古老的方术，大家会想到什么

多年从业经验和大数据样本而得出指向性结论。至于准确性，取决于样本量和数据统计的完整性。

解读之二，古时叫"障眼法"，现在叫魔术。为了方便大家理解，再举一个例子，用五倍子在墙上写字，无色，之后用青矾水一喷，黑字马上就显现，因为古时民间化学知识模糊，百姓见到这种现象就啧啧称奇，实际上原理很简单，五倍子中的鞣酸和青矾中的硫酸亚铁相遇产生化学反应，生成了黑色化合物而已。如果应用场景再神秘一些，就颇有些"上天授意"的味道了。

解读之三，过去叫"神仙保佑"，其实是个心理学范畴的事儿。渡江渡海的护身法就是在兜里揣个纸条，上面用红笔写个"禹"字，毕竟大禹治水的故事众所周知嘛。古代水上行舟虽然危险，但安全渡过者居多，你活下来了自然人人都说，这个避水咒语确实管用，人果真没事。这叫作"幸存者偏差"，会强化人的有效性认知，实际上就是个心理安慰。

解读之四，有些驱邪避害的方法代代相传，没人问为什么，如今究其原理，其实是生物学和物理学交叉学科的应用。驱赶虎豹，用勺刮锅底，科学的解释是刺耳声音也包括人听不到但猛兽能感受强烈的超声波或者次声波；蛇怕姜黄，蚊怕肥皂，究其内因也是生物物理学特性。

解读之五，有些神秘现象是因为利益诉求，刻意遮掩做出来的效果。比如野外钓鱼时有人不用粮食打窝子，念个咒语扔块砖头，鱼群就聚了过来。原理很简单，他扔的那块砖是在猪血中浸泡过的生砖，扔到水里，鱼闻着味儿就聚过来了。这个真相，如果你不付费，他是不会告诉你的。

解读之六，遇到神秘现象，我们要用客观的态度去对待未知。说到这一条的时候就不需要举例了，做一个开放性的小结，把话圆回来就可以了——在不断刷新人类物理认知的今天，从哲学角度来看，依然会有我们未知的领域。

这个时候就可以水到渠成地把图书介绍穿插进来：记录方术的书籍不多，《夜航船》是明代的一部百科全书，专门有一章就讲方术。简单列举几个日常生活中会遇到的事件，比如夜做噩梦、路遇恶狗，持续有效地吸引看官的注意力，而后马上收尾："从高维视角俯视，上古时期巫医不分，方术是职业，是发财之术，底线是谋财不害命、巧取不豪夺。道家认为，神通只是悟道修行的副产品，目的是道而非术；儒家则讲，子不语怪力乱神，敬而远之；中庸之道，不取偏门捷径；方术呢，确有趣味和举一反三的实用价值。"到这儿，就把我对方术的认知都说出来了，最后下一个结论："所以生活中保持适度的无聊和好奇，恰恰是我们这些俗人的乐趣。"自己把身段也放

先讲大家爱听的，再说我要推荐的

低，和所有的网友一样，对未知保持适度的好奇，在生活中寻找乐趣和某一些具体的实用参考价值。

　　这条短视频的内容入情入理，推荐这本书，大家也觉得顺理成章。可见，这种润物无声的节奏更易于让大家在逐渐了解这本书的基础上慢慢接受它。这比一上来就直截了当地给大家说这本书是哪个出版社出版的、价格多少、讲了什么、具体怎么应用、乐趣在哪儿等等要更有意义。对于主播本人，在这个话题上可以把自己想要表达的都说出来，自己说畅快了，大家听得也痛快，这样的互动呈现出一种非常积极的状态，平台的人工智能算法自然能够在第一时间发现，从而将更多流量持续地给到你。流量一旦来到，视频带货的效果自然差不了，所以这本身就是一个非常合理的逻辑闭环。推荐《夜航船》的这条视频，播放量大约三百五十多万次，点赞量超过十五万，销售图书一万套左右。

所以说，文化知识类主播推荐图书，开门见山简单介绍图书目录的直接表达，效果未必如你所愿。这就应了那句话："最近的距离，恰恰不是直线"。

一句话知识点：

以不变未必能应万变，剑走偏锋、曲线迂回，看似绕了远路，实际上收获颇丰。

柳暗花明：不"直播带货"的个性化图书推荐

一次比较成功的短视频图书推荐分享经历，除了在视频内容方面的调整，还给我带来了另外两个方面的变化：一个是态势，一个是认知。

我所说的态势方面的变化，指的是短视频账号主播和商品供货的商家之间的关系变了，就是甲方乙方的关系有所变化。

一个初始的视频账号主播，当他在视频变现方面没有亮眼的成绩，带货视频没有爆款的情况下，他在和商家议价的时候，就没有多大的主动权，议价权益相对比较薄弱。那他在这个时候只能是乙方。如果是一个相对成熟的主播，已经有很多变现成功的推广案例，那么在和商家进行沟通的时候，他将获得更大的议价空间，并且有转变为甲方的可能。

我用一个细节方面的例子来说明这种转变。文化知识类的主播在推荐图书的时候，往往需要手中有样书，除了视频出镜需要之外，还可以提前检查一下这本书的质量。样书拿到手之后，我可以整体看一下它的视觉效果，翻一翻它的装帧设计、印刷质量如何，同时可以直接阅读，了解一下这本书的内容。虽然样书有这么多的作用，但样书本身也是一件商品，想要获取，就需要主播和商家之间进行沟通。

如果是一个菜鸟级的主播，他想推荐某本书，找到了相对应的商家，问"你能不能寄给我一本样书"，那商家十有八九是爱答不理的。尤其是价值不菲的精装书，对于这些实力不确定的小主播，商家很可能会想当然地不太重视，对寄样书这件事儿也不是特别积极，有的商家可能还会直接给一句不太客气的话："寄样书可以，那您要是推荐不出去的话，您再把样书给我寄回来。"这句话用流行语来形容，就是"伤害性不大，侮辱性极强"。

但如果你是一个比较成熟的主播，并且已经成功地推荐了很多图书，有可供查询的、非常好看的后台业绩数据作支撑，那就不用求着别人给你寄样书了。会有很多图书商家通过后台数据搜索找到你，非常积极主动地与你联系、合作。这甲乙双方的身份颠倒，你从对话中就能体会到，商家就会跟你说："老师，辛苦您一下，我们这里最近新出了差不多十本书，我把样书都给您寄过去，您了解一下，推荐不推荐无所谓，或者您从

您别着急寄样书，我先看看电子目录

中选择您感兴趣的推荐就可以了，非常感谢您。"有经验的主播遇到这种情况会说："别着急，暂时不要把样书都寄给我，我先看一下电子版的目录，简单了解一下，对哪本书有兴趣，您再把那本书的样书寄过来，不然都寄到我这儿来也放不下。"这并不是主播"凡尔赛"，确实是从实际情况中总结出来的经验教训。做图书推荐视频半年以后，我所有的书架都已经被样书挤得满满当当，甚至开始在地上成堆地往上摆了。如果要坚持做文化知识类图书的推荐，那么样书问题迟早需要解决，这不是加一两个书架就能搞定的，至少需要一个房间专门来摆放，与其到时候辛辛苦苦地打扫房间、搬动图书、重新摆放，不如从一开始就学会"拒绝"。

这样的态势转变，对于文化知识类主播肯定是一件好事，你不仅可以拥有更多的图书选品权，还可以拥有议价的权利，甚至可以让商家为你专门定制链接，附加专属赠品或优惠为你的粉丝带来更多福利。这种态势从某种角度上来看，也是符合市场经济的。

一个成功的图书分享推荐短视频，使我的认知可以说发生了翻天覆地的变化，完全刷新了我对于线上平台变现能力的印象。一条爆款带货视频，能够在一周之内带出去上万套图书，这种情况是客观存在的，但它又不是普遍存在的，这其中既有文案质量、主播实力的原因，同时也确实存在着很多偶然性的运气因素，应该说可遇不可求吧。

除了对视频变现能力的认知有所改变之外，更让我感觉到惊讶的是图书售卖方式的改变和线上平台用户对此的接受度。一直以来，我认为大众购买图书的方式还停留在传统模式上：当对某本图书有需求的时候，他会前往线下书店或者线上商城，搜索并且选购图书，时间段大多集中在白天。我从没想过在凌晨三四点，全国各地不睡觉的夜猫子网友们，会因为刷到我的视频直接点击"小黄车"购买图书，这种夜间购书，竟然也人数不少。这是我在亲身经历之前无法想象的。

这种情况直观地体现出"二类电商"与"一类电商"在本质上的区别。在一类电商平台，比如淘宝、当当、京东买东西时，大多数情况下我们是预先有明确的购物动机的，比如我在一类电商平台上购买一台空调，那么我一定是早有此意，甚至货比三家之后，选择了某个平台上的某个商家下单付款。这是一个非常符合逻辑的从准备消费到完成消费的过程。而在二类电商平台上的消费模式完全不是这种逻辑，在抖音或者快手平台上购买图书的人，他可能在看到我的这条推荐视频之前，完全没有购买这本书的需求，甚至连今天买本书的想法都没有，购买欲望几乎为零。他完全是在看到我的视频之后临时起意的，被视频中的某句或者某几句话打动，才有了后续的即兴消费行为。

有人说二类电商平台正在改变市场的格局，当我自己开始运营抖音账号之后，我对这个观点有了真切的感受。

我将自己在抖音平台做图书推荐的视频数据，和线下书店的运营情况做了一个对比，我想通过这种直观感受的方式来了解一下线上平台推荐图书的能力。我去过北京的很多家书店，王府井新华书店、西单图书大厦、中关村图书城等等。在这里，我拿西单图书大厦作为例子来讲。西单图书大厦的地理位置在长安街边、地铁口附近，每天进到这个图书城里的读者客流量最多也就是几万人次。但在线上平台中，不说那些比我更加成熟的账号主播，就说我本人的视频，每条的播放量大多在十几万次，流量好的时候能达到上千万次。然而在这千万次的播放量中，存在一个转化率的问题，就是说，看到视频的人不一定会买视频中推荐的商品，一条视频能够吸引多少人将它完整地播放到最后，这里有一个百分数，这就是"完播率"；又有多少人在看到视频之后，下单购买了视频推荐的商品，这里有另一个百分数，这就是"转化率"；而这些下单的人之中，有多少是在我的视频链接里直接下的单，又有多少是后来跑到其他平台下的单，这又是一个百分数，这就是"有效转化率"。如果我们把这些太过于细节的数据暂时忽略不计，只对比线下书店和线上平台的流量，那么一个从来没有接触过书店经营这个领域的、初入抖音平台半年的文化知识类主播的流量和销售业绩，已经至少堪比一家中小型书店了。这个情况客观存在，也是二类电商平台为图书带来的市场新格局。

在新冠肺炎疫情的影响下，很多行业的经营都受到影响，线下实体书店的日子尤其难挨，很多书店不堪重负而关门歇业、转让店铺。除了时代背景的因素之外，更多的危机其实不是来自同行业的竞争对手，而是跨界而来的新媒体势力。

其实从更高维度看，线上经济与实体经济应是一个整体。二者互补，而不是吞噬。文化自媒体主播，随着抖音平台上粉丝量和影响力的增加，理所当然应有更多担当。

2022 年 2 月，农历虎年春节的七天假期中，北京所有新华书店、中国书店、外文书店推出"24 小时不打烊"活动，读者可以根据自己的时间安排，随时逛书店。

我作为北京图书大厦的"特邀领读者"，当然要尽自己的一份心意，为实体书店做公益宣传。这不是"网红探店"，而是读书人的初心。

一句话知识点：

市场风起云涌，坐以待毙显然不是良策。经验固然宝贵，但也不必奉为至宝，顺应时代潮流前行纵然时有跌撞，然而不试试看，怎知不是乘风破浪，直挂云帆？

安分守己：莫教浮云遮望眼

挑战与机遇并存，抖音、快手等"二类电商"平台的崛起对于图书行业的冲击巨大，同时也为这个行业带来了新的生机。无论是图书出版社、图书经销商还是文化知识类的主播，对此都感受颇深。

在我开始尝试用短视频推荐图书的时候，很多家出版机构也在尝试请短视频主播推荐自家的图书，大家都是摸着石头过河。最先启用的，一定是自己固有的传统经验。某次，我决定录一条视频推荐某本书，事先与出版机构的联络人沟通了他们的库存情况，得到回复说仓库中有一千多本，分散在各地经销商手中的还另有一些，即便是临时调货也足够应付几周的销售了，如果销售情况好，加印也完全来得及。按照出版机构销售部门负责人的经验，这样的库存量应付传统模式下的图书销售市场的确绰绰有余，但是应付抖音、快手这种二类电商平台，这样的考量就透出些许的生涩。如果我的视频发布出去反响平平，那么也就各方安然无事，都洗洗睡去吧；而一旦爆红，那接下来的时间就是这本书收益的巅峰时刻。

很多出版机构因为缺乏在二类电商平台上销售图书的经验，初期对于购物链接中的发货时间并没有在意，可能是太马虎，也可能是太自信，明明可以选择四十八小时之内发货，给自己争取点时间，却设定成了二十四小时之内发货，结果遇到视频爆单、销售激增的情况，整个公司上下手忙脚乱。我的那条视频又意外爆单，一夜之后清了库存。后来听出版机构的负责人说，那天仓库里的存货不仅不够，而且他们整个团队原本只有一个负责发货的员工，要在二十四小时之内信守承诺全部发货，只好动员了各岗位全部员工集体跑到仓库去化身打包发货的工人，堪堪应付过这一次的爆单。对他们来说，这是一种突如其来的烦恼，更是带着收获喜悦的烦恼。

虽然这些图书出版机构在"二类电商"平台图书销售大潮来临的时候，有点儿措手不及，但大家都在慢慢地适应。

视频推荐分享图书的效果越来越好，但我依然坚持自己的节奏，纯内容传播的视频与推荐视频按照 2∶1 或者 3∶1 的比例进行发布，就是两条或者三条普通的文化知识传播类视频之中穿插一条带有图书广告的视频。后来我发现，如果在视频文案质量很高的前提下，似乎没有必要一定按照这个比例去发布，也不用觉得只要是带图书购买链接的视频，流量就一定会不好。真的，大家无须多虑，视频的内容质量始终是最关键的，带不带货是次要的。我相信，一条文案质量一般但不带货的视频，和一条文案质量很好的带货视频，网友们还是会选择文案质量更优的那一条来观看。因为买不买是个人自由决策，不会有人举着枪逼着谁看过视频必须下单购买。而这条视频看完之后，观看者是不是学到了知识，是不是从中受益了，那才是实打实能感觉到的事情。所以文化知识类的主播完全没必要拘泥于纯内容传播类视频与广告视频到底应该按照什么样的比例发布，只要视频文案质量好，其他都是第二位的。

在持续的尝试中，我找到了自己的优势和强项之所在。同样是推荐图书，有一些主播选择"直播带货"，在线时间长，与粉丝的互动比较直接，销售量也比较大，这样的变现效率相对更高。但是内容的解读深度是图书直播带货的短板，他们不可能把每一本书中的精华点都给观众做一个深度的解读，一来没有时间，二来没有精力。在直播中，主播要考虑场控，要考虑氛围，还要考虑节奏，因此给每本书预留的介绍时间很短，对于图书内容的介绍只能停留在表面，简单带过，所以直播带货是一种更突出效率、倾向于"短、平、快"的方式。而短视频推荐图书的方式，相对来说就更容易把一本书的精华部分做深度的个性化解读。这就像是两个探矿的人，做直播的主播会把一些散于表面的露天煤矿指给大家看，而像我这样喜欢深度解读图书内容的主播，则会深度发掘，向深处打井将埋藏于地层深处的煤矿拿出来给大家看。我并不是说哪种方式一定好，哪一种方式一定不好，两者各有优缺点，各位主播可以扬长避短，选择最适合自己的方式，才是最好的。

另外，需要特别强调的是，我们一定要与抖音平台规则相适应，不能直白地机械地解读一本书，不能把短视频对图书的介绍，变成图书摘要，更不能变成毫无个性特征的视频版的图书简介。这样的话，很容易把一本好书介绍得平淡无奇，当然，市场变现也就遥遥无期，文化知识类主播一定要"避坑"，远离此类陷阱。

我拿一本经典的好书来举例。北京大学王力先生的《中国古代文化常识》，如果在读书沙龙中，大家坐下来交流，你怎么聊这本书，从什么角度切入都可以，但是在线上平台不一样，视频开头的五秒钟，你必须把大家吸引住。这本书也是一部百科类的知识读物，我找了一个比较冷门的切入点，《从唐代女装的"薄透露"说起》："对比唐代女装'薄透露'的特点，宋代女子穿得就比较多了，难道是因为唐代比宋代热吗？"抛

出一个调侃的问句，却
给出了一个肯定的答案：
"对，唐代确实比宋代
热。"如此，看官的情
绪马上就被调动起来了，
"没想到你这个主播正
儿八经的读书人，居然
也这么八卦，难道这背
后是有什么玄机吗？"
把大家的好奇心唤起来，
马上就进入知识层面的

从唐代女装的"薄透露"说起

解读："从历史记录的大数据来看，不光有历史文字资料的统
计，还包括一些植物学、化石方面的统计，都证实了唐代比宋
代的平均气温要高三摄氏度。可不能小看这三摄氏度，宋代那
杭州西湖可是都被结冰冻住过呀。"用八卦的问题将人吸引住，
再用有文化知识含量的讲解让人信服，接下来推荐图书才有实
际的作用。不然这本书再有知识含量，你的视频讲解得空洞无
趣没人听，作用也是零。

　　文化知识类的主播推荐图书，不仅要深度解读图书内容
的精华，在表达方式上，也得按照抖音平台的规则来处理。除

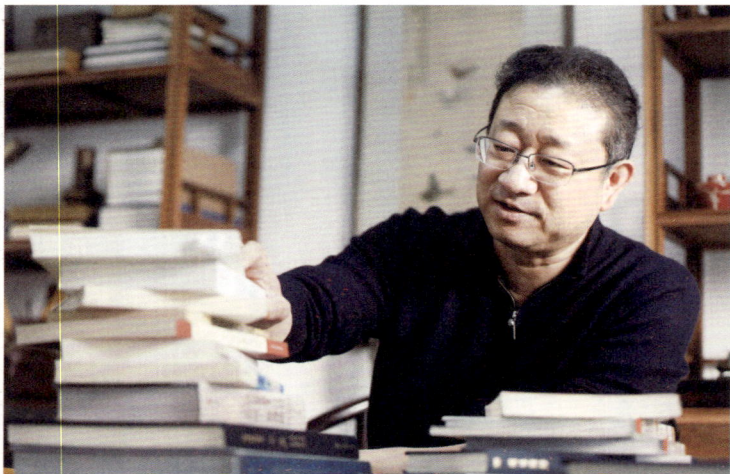

莫教浮云遮望眼，踏实做个读书人

了以上技术层面的把握，作为读书人，推荐图书还要有底线，要"有所为，有所不为"。

　　当我从文化角度进行时事热点评论的时候，视频中一般不带图书购买链接。不是平台规则不允许，而是我自己选择不做。举个例子，"徽州宴"事件在当时可谓是社会大热点，我做了一条评论性视频，题目是《徽州宴道歉之后》，平台很给力，流量给得很大，播放量有一千五百多万次。我在那条视频中提到的文化点是"妻贤夫祸少"，出自《增广贤文》。当时如果要带货的话，手边刚好有合适的版本。挂上"小黄车"，在那么大的流量基础上，按照我的经验，收益也是很可观的。那我为什么没有这么做呢，为什么唾手可得的钱我偏不赚，到嘴的鸭子我就让它飞走了呢？是因为读书人的操守。

　　做时事评论，即便做得非常精彩，也会有声音说你在蹭热点。没带货的视频尚且如此，这要是带上货，那将会有更多的声音来说你蹭热点。即便没有别人指指点点，作为读书人，自己的操守和底线也会让自己做出取舍。人设是自己选择的，这个行业又叫作"自媒体"，那么在这个平台上呈现出来的所有东西，都是自己价值观的判断和体现。我是一名文化知识类主播，主要是传播文化知识，所以真不是每个盈利的机会都要全力以赴地去紧抓不放，毕竟变现只是文化知识类视频的副产品。

　　我既不是风轻云淡、不食人间烟火的圣人，也绝不做唯利是图的奸商。在这两者之间，岂能尽如人意，但求无愧于心，做好一个实实在在的读书人。

一句话知识点：

　　"勿以恶小而为之，勿以善小而不为。"当初为自己选择内容赛道的时候，就应该对于沿途的风景有一个心理预设。一旦决定，踏实前行，勿忘初心。

第三章

突破二百万

群起抄袭：难得糊涂，偶尔心狠手辣

　　任何一个抖音短视频的创作者，当制作出第一条爆款视频之后，对这个平台的规则，对它的生态，一定会有更加真切的了解。所以说，做短视频账号主播，不要偏听偏信别人说的所谓速成法，尤其不要完全复制别人的攻略、指南等等，要适当地吸取别人的经验教训，因地制宜，自己直接行动起来、操练起来。"纸上得来终觉浅，绝知此事要躬行。"说来说去还是这个道理。

　　前面说了几条爆款视频给我带来的思考和感受，基本上都是正面的、积极的，下面我就来说说爆款视频的另类副产品——文案被抄袭。

　　有个词很多人应该都听过，叫"卖安利"，形容把自己喜欢的东西推荐给身边的人，让别人知道的这么一个行为，而这种行为往往伴随着强烈的意愿，希望对方也像自己一样喜欢上这件东西。很多平台都有照顾到用户这方面的需求，所以"转发"这项功能应运而生。在抖音平台上，大家把自己喜欢的视频转发到自己的账号下，扩散给更多的人看到，这是一种非常积极的行为。如果二次发布的时候注明了视频出处，有些甚至得到了原主播的转载授权，这种方式也是很好的。而抄袭，就截然不同了。我遇到过的抄袭行为，要么保留了我的声音，换了一些视频的画面，剪辑在一起就当成是自己的作品发布了，绝口不提音频创作者的出处；要么就用我的文案，一个字都不改，连错别字都不改，自己念一遍，配上点画面就是自己的原创作品了。一开始，我的心态特别好，觉得某种程度上这也算是一种肯定吧，人家觉得我的文案好，所以才"拿来主义"，但最起码的，你得注明出处，是不是？好歹是别人的劳动成果，你得尊重啊，但是这些抄袭号并没有。我有很多粉丝，确实特别可爱，他们会替我鸣不平，自发地去举报那些抄袭的账号，还会在视频下方的评论区里艾特（@）我，"你看，这个谁谁谁，他抄你文案了！"

　　面对这种抄袭现象，我有两种处理办法：第一，一笑了之，装没看见；第二，举报严打，必须打掉，不达目的绝不罢休。这两种办法在实际应用中，要具体情况具体分析，有选择性地施行。

　　第一条被抄袭的视频是《为什么日本说了"我的词儿"》，当时有十多个账号未注明出处，也没有向我取得授权，就把我的文案原封不动地再念一遍，以原创视频的名义发布了。当时我初出茅庐，还是个"菜鸟"，不太明白规则，也没太当回事儿。等到《战神霍去病》和《情商》再次爆红，我才对抄袭这事儿上了心。当时的抄袭者中，有一伙人将我的文案一字不改地挪用进自己的带货视频中，他们还都是签约了 MCN 公司的视频主播，真是让我惊掉了下巴。

　　如果是刚进入平台的素人新创建了账号，把我的文案抄过去，加上自己的理解重新说了一遍，面对这种情况我就会"一笑了之，装没看见"。谁不是从新手走过来的呢，对吧？如果这个新手是个讲究人，在视频中用文字注明出处，或者是评论区艾特我一下，人家就拿咱的文案练练手嘛，也无所谓的，做人嘛，豁达一些，包容一些，没问题的。

　　但面对"团伙作案"，就不能一笑了之了，必须举报严打。有些无良的 MCN 机构，那可真是有组织、成规模地对辛辛苦苦写优秀文案的主播下黑手，让人应接不暇，可谓是按起葫芦浮起瓢。多账号、大批量地抄袭优秀的视频文案用于带货视频中，相当于是抢了别人的粮食来充实自己的腰包，这与强盗何异？必须举报！

　　在我被抄袭的视频中，抄袭量到达巅峰状态的一条是《情商》。那是我用来推荐一套相关图书的带货视频，承蒙粉丝朋友们的喜爱，那条视频成了爆款。而后的一周时间里，抄袭接踵而来。我是怎么发现的呢？

　　起初是我的粉丝朋友们仗义执言，他们给我留言、发私信，或者在评论区艾特我，告诉我谁在抄袭我的文案。一开始只有一两条雷同视频，我没太当回事，后来抄袭视频有几十条之多，举报都举报不过来。我隐约感觉这些抄袭账号好像有共同的特质，于是我有心收集了一下信息，发现这些账号不仅是视频文案完全照抄我的，而且它的出镜主播的调性，整个环境场景的布光、背景，还有文字注释，剪辑的特点都有明显共性。由此我确定，这些都是由同一个 MCN 公司运营的系列账号。我稍微深入了解了一下，发现这家公司旗下竟然有一百多个不同的账号，主要特征是以不同的女主播出镜录制视频，基本上以口水文案为主，内容多是情感类话题、人性话题。恰恰我的这条视频，讲的内容正是关于情商和口才的。

　　相对于这些账号的其他视频文案，我的这一条比较简洁，开门见山，直入主题。视频开场说的是某商界大佬问黄渤："你给我代言，不要钱行不行？"黄渤回答："行啊，帮我把购物车清空就行。"而后是一些场景案例的合集：某竞选现场，有人捣乱闹场，演讲人却不慌不忙，对闹事之人礼貌有加："您少安毋躁，我马上就讲到您说的环境脏乱差的问题了。"这种临场反应不仅收获了掌声无数，还让许多反对他的人站在了他这边。最后说到咱们国家的著名文学家钱锺书，他拒绝记者的赞美和采访要求："您吃鸡蛋觉得味道不错，也没必要非得见老母鸡一面。"整篇文案，所有提到的例子都是场景化的，把体现口才和情商的经典瞬间集合发布，生动易懂，所以这条视频就火了。

至于 MCN 公司运营的账号为什么要一字不差地全篇照抄我的视频文案，我认为有两个原因：一个是他们团队的文案人员写作能力不足，另一个是我的原创视频文案经过抖音平台的数据检验，被判定为高质量内容。如果 MCN 公司拿去做一些删改再发布，虽然降低了被判定为抄袭的风险，但是他们无法确定抖音平台是否仍然将这条视频判定为优质内容。为保万无一失，还是直接照抄好了。

MCN 公司运营的账号与个人账号不同，它这样有组织、成规模地抄袭，目的是低成本地大量带货、充分变现。如果你发布的某条视频同样是为了带货，那 MCN 公司剽窃了你的这条视频来引流变现，就相当于把应该在原创作者账号下消费的客流带走了，这不就是变相地在你这里当小偷吗？所以 MCN 公司的这种抄袭行为，偷的不仅是视频文案，还是视频文案变现的价值，所以在线上平台保护自己的知识产权确实是非常重要的。抖音平台保护原创作者的力度越来越大，这是很好的趋势。

其实大多数主播在创作文案的过程中，对于抄袭和参考借鉴的边界不是特别清楚，尤其是文化知识类的主播。比如历史上的某一个民间传说，当某一个主播在自己的视频中提到之后，那么其他人是不是就不能提了？很显然这不现实。那么面对同一条参考资料，在别人用过之后，我们怎么去说才是合理地参考借鉴，而怎么表达就成抄袭呢？这个分寸还有待平台来进一步明确。

我在抖音平台上还经常碰到一个特别有意思的现象：经常看到一些主持人——男女都有，隶属于各个传统媒体的都有——发布的视频文案很雷同。其实不难理解，这些主持人基本都和 MCN 公司有合作。因为从专业角度来讲，电视节目主持人的强项是表达，而文案写作能力相对来说很有可能是短板，那么与 MCN 公司合作就可以取长补短，同时也提高了效率，这是可以理解也符合逻辑的。我就看到过好几条"似曾相识"的视频，作为原创者，我心知肚明，我的视频文案被 MCN 公司抄走了，局部做了一些洗稿改动，请了某个或者某些同行重新录制之后发布。虽然改头换面，但是关键词、关键性逻辑等等痕迹却清晰地保留了下来，对此我往往一笑了之。

对于原封不动照抄文案，而且要变现的 MCN 机构，我会"重拳出击"。但在抖音平台上举报有人抄袭自己的作品，程序相对烦琐，需要提供直接证据来证明自己才是原作者，比如视频文案的文字稿。这不是巧了吗？这么多年来，我依然保持着手写文字稿的好习惯，虽然也常用电脑写作，但是我一直坚持在纸上写提纲，甚至有些文案的初稿都是我用笔在稿纸上一个字一个字写下来的。现在这样的草稿我已经攒了厚厚的一摞，这一年半来写了差不多有二十多本稿纸。我很容易就翻到了《情商》这条文案的手写稿，所有的创作痕迹和修改痕迹都在，这是一个很有力的证据，也是在抖音平台上举报抄袭者的必要证明。当时我凭借粉丝朋友们提供的抄袭账号名称和视频证据，加上自己的手写文字稿照片，举报了几十条抄袭视频，最终解决掉了十六个账号，果然这些账号都是同一家 MCN 公司旗下的。这件事之后，MCN 公司在我心里就留下了一个极其强烈的负面印象。

在此，我一定要特别提醒做文化知识类视频的主播朋友，

我的每条文案都有手写稿

在创作文案的时候，最好是用稿纸留下一些痕迹，哪怕只是一个简要的提纲，未来有可能就要靠它来保护自己的权益不受侵害了，至少这是证据之一。

　　亲身体验过在抖音平台上维权之后，我觉得平台对这类事件的处理速度还是太慢了，对于违规账号的处理最快用了八个小时，最慢大概用了二十四个小时。这个反应速度对于线上平台来讲，实在是太慢了。而且当时，抖音平台对于这种抄袭他人创作成果，用于自己账号带货盈利的 MCN 公司是没有惩罚措施的。视频被举报之后，平台经过核实也仅仅是把违规视频下架处理，而没有对被侵权的原创一方有任何补偿，我对这种处理方式持保留意见。

　　关于保护原创作品、保护知识产权，我觉得各大短视频平台还有很多事需要去做。目前，在所有的原创主播的努力呼吁下，抖音平台上建立了一个叫"保护原创者联盟"的机构，但这远远不够，还需要继续完善保护机制。

　　最近我在抖音"创作者助手"的信息中看到"抖音第三期打击搬运、抄袭等侵权行为的全站公告"，其中提到平台目前已受理投诉 48149 起，下架侵权视频 35507 条，永久封禁违规账号 361 个。由此可见，抖音平台的创作环境正在变好，我为它的持续努力，为努力营造风清气正的网络环境点赞！

一句话知识点：

凡事不能不认真，也不能太认真。无论是在线上还是在线下，难得糊涂都称得上是一句至理名言，可该出手时就出手，也是我们应该坚持的行为准则。

数据分析：知己知彼，百战百胜

　　既然要认认真真地运营抖音账号，对于数据的研究和分析肯定是不能少的，粉丝构成就是其中一项。

　　在这方面，抖音平台比较智能，为主播提供了比较科学的数据统计结果，用于研究自己的粉丝构成。每位主播都可以从自己的抖音后台查到粉丝数据，有一些图表辅助大家梳理自己的粉丝人群类别。就拿我的粉丝群体来说，特点非常鲜明：第一，年轻人多；第二，男性粉丝偏多，女性偏少；第三，高品质人群多，消费能力较强。

　　首先，粉丝群体集中在哪个年龄段很容易感受到。在传统文化的书画领域，老先生居多，像齐白石先生，六十多岁才开创出自己的风格，而这个年纪在其他行业都已经退休了。所以我还不到五十岁，还算是这个领域的青壮年，但抖音平台完全是年轻人的天下，这个特征非常明显。在我刚开始运营抖音账号的时候，很多粉丝朋友和我打招呼都说"老先生好"，我当时就蒙了，喊谁老先生呢？这真是让我很不习惯。后来我通过账号后台，对粉丝数据有所了解后，方才恍然大悟，难怪都喊我"老先生"呢，和我相比，大部分粉丝朋友可不就是年轻的孩子们吗？

其次，我的粉丝群体在性别比例上是男多女少的，这个比例一直都比较失衡，最夸张的时候，我的粉丝群体中84%是男性。这个比例对我策划自己的视频内容是有一定影响的，比如我不会去策划那些女性人群特别关心的美容化妆、服饰搭配等话题。除了我并不擅长这个方向之外，还考虑到了自己的粉丝性别比例。如果发布大部分粉丝朋友不关心的内容，既不利于巩固粉丝黏性，也浪费了时间和精力，吃力不讨好，这是没有必要的。

最后，粉丝群体的消费能力是从哪儿看出来的呢？一方面是粉丝朋友们所在的省份，处于沿海发达省市的居多，尤其广东、福建、浙江、上海这几个地方；另一方面呢，抖音平台虽然无法查到各位平时的消费记录，但是它有一个间接的重要信息参数可以参考，就是每位用户使用的手机机型，在我的粉丝群体中，苹果、华为这两个机型的使用者数量遥遥领先，其他的手机机型使用者相对较少，这就间接地体现了粉丝群里的消费能力是普遍偏高的。

　　梳理出粉丝群体的特点，接下来就需要换位思考，顾及大多数粉丝朋友的感受和需求，调整自己的视频内容。我认为，主播与粉丝是一种供求关系，要时刻关注需求，以做出相应的供应调整，才能巩固自己与粉丝之间的联系。就像开饭馆一样，店家多顾及顾客的口味和需求，就能收获更多的回头客以及被"安利"来的新客。但粉丝需求只能作为一种参考，不能让主播的账号内容从本质上做出彻底改变。换句话说就是，一味变着法儿地讨好粉丝，刻意投其所好是走不长久的，这是舍本逐末的行为。

　　根据粉丝构成做出的调整，实际上是技术方面的调整，比如呈现形式、语言表达方式等等，但主播本身具有的特质、拥有的知识量是必备的，它不能无中生有啊。就像咱们刚才打的比方，开一个饭馆，你是个厨子，厨房里面什么材料都有，有盐、酱油、孜然、五香粉等等，那我可以根据顾客的喜好来调味，哪种作料多加点，哪种少加点，这没问题。但如果顾客非要说自己就好吃天上的龙肉，那没戏了，我这儿压根儿没有这材料，顶多偷梁换柱给您找头驴来，俗话说得好嘛，"天上龙肉，地下驴肉"。但是这种办法显得我这个人很不实在、不真诚，所以根据粉丝结构做出的调整只能是技术层面的，不可能做出一个无中生有的乾坤大挪移来。

　　理论说起来比较枯燥，我举一个生动的例子方便大家理解。针对我的粉丝构成，为了最大限度地照顾到更多粉丝朋友的需求，我主要做了两点工作：一是尽量考虑年轻人的感受，毕竟粉丝群体里面年轻人多嘛；二是模糊性别，虽然我的粉丝群体中男性比例较大，但是我希望无论什么性别的人都能对我说的事情感兴趣，从我的视频中或多或少地收获到有益的知识。

　　我曾经发布过一条带货视频，题目是《年轻人少看〈道德经〉》，策划思路就遵从了上述两点。视频仍然是开门见山，"我反对年轻人看《道德经》，不是道家的书不好，而是看书的时候不对。痴迷《道德经》的年轻人大多神

年轻人少看《道德经》

神叨叨，老气横秋。"这句话从年轻人的角度切入，提出一个不太寻常的观点，接下来进行解释："人的一生如四季，青春岁月中万物生长、百花绽放，这时候多看儒家、少看道家。但要注意的是，这两家学说都没错，只是看世界的角度不同，甚至相反。'儒家，为学日益；道家，为道日损。'简而言之就是儒家做加法，道家是做减法。儒家为学，每天学习新的知识，你的能力有所增长，世界也变得丰富多彩，益是增加的意思，所以'儒家，为学日益'；道家为道，每天都从纷繁冗杂中化繁为简。真传一句话，假传万卷经，损是减少的意思，所以'道家，为道日损'。"

　　我非常自信这段话足以吸引年轻的粉丝朋友，完播率已经可以说有所保障，这时候就可以将道理延展开去："儒家教人拿得起，道家教人放得下，都是中国哲学的智慧。当然先得有能力拿起，不然何谈放下？"此时回归年轻人的角度："年轻人就该年轻气盛，奋发有为，痴迷于无为，那他肯定是怪怪的。脸上未见风霜，眼里还缺故事，言谈中却大彻大悟，这叫'为赋新词强说愁'。急什么呀，等到天凉好个秋，这锅饭自然就蒸熟了。"

　　道理讲到这儿，自然而然地就带出了这条视频所要推荐的图书《半小时漫画中国哲学史》。在视频结尾处，加强这本图书与视频内容的关联性："懂点哲学，会获得高于一般人的视角，人明显变得通达有趣。比如有人问'能挣一个亿吗'，普通的回答大概是'太难了，好多人挣不到吧'。了解哲学后，再回答这个问题，答案就成了'每个人都能，只是需要的时间不同，说挣不到的也只是这辈子的时间不够用了而已'。"

这条文案的粉丝反馈特别好，播放量比较大，带货收益当然也很不错，其实恰恰应了咱们中国人写作文经常会提到的一句话，"开头如爆竹，结尾如撞钟"。所以不管线上还是线下，对于优质文案的要求标准都是一致的。

我在策划这条文案的时候，充分分析了自己的粉丝群体特点，创作中刻意有所强化，有所侧重。这条视频得到年轻粉丝朋友们的认可，证明这样的调整方向是正确的，可以继续坚持。我相信，这一点对于文化知识类的视频主播，是很有借鉴价值的。

最后我得强调一下，分析粉丝构成，一定要分析抖音后台的大数据，而不是经常在评论区与自己互动的粉丝个例。个例无法代表大多数人的倾向性，抖音后台的大数据相对而言更加直观、更加真实有效。学会分析粉丝构成的各种数据，进而能够进行数据梳理和总结,这应该是一个抖音账号运营者从"菜鸟"开始进阶并走向成熟的一个典型标志。

一句话知识点:

短视频主播一定要分析清楚自己的粉丝群体特点,了解粉丝朋友们的口味、内容倾向,把握住他们的偏好,再交流起来就更加容易,有的放矢。

其乐无穷：与智能算法斗智斗勇

从我开始运营抖音账号，大概过了一年零五个月的时候，我的账号粉丝量超过了两百万。在这个过程中，我的主观感受一直是顺风顺水，没有特别明显的倦怠期，也没有特别困难的瓶颈期。有时候会遇到或大或小的阻碍，但使使劲也就过去了。有句老话讲"乘胜追击"，我却在这个时候停了下来。

我这个年纪真的是"上有老，下有小"，家里老人年事已高，身边需要人照顾；孩子一个考上大学已经飞离了我身边，伍还有一个马上要面临上小学的问题，也需要照顾。两方压力担在肩膀上，使得我无法专心个人爱好，必须搬回老人孩子身边，就近居住。居住的地方变了，工作室的位置相对也要改变，虽然搬运东西可以请搬家公司来帮忙，但整理和打包物品还是需要亲力亲为，前前后后加起来差不多有一个月的时间，在这期间我的抖音账号基本是停滞状态。

　　这一次的暂停，让我有了一些意外收获，我发现抖音的人工智能算法竟然很人性化，这是我的主观感受，很难拿出相对应的准确数据来支撑，但这种感受特别强烈。

　　在抖音平台上，任何人在任何阶段都会摸索到一定的有效经验和方法，一旦你依靠它形成了套路，抖音平台会很快识别出来。当你反复使用一种固定的套路发布内容，一段时间之后你会发现它的有效率迅速衰减，也就是说你摸索到的经验和方法不会永久有效，抖音平台在用它的方法推着你常变常新。所以我觉得，运营一个优质抖音账号的过程，其实是自己与抖音平台的人工智能算法"斗心眼"的一个过程。

　　运营抖音账号初期，我也看过一些教人如何做好抖音账号的视频，浏览过很多类似账号下的内容。其实大多数情况下，这些主播也属于摸石头过河，按照一个经验论，来重复一些没有错但不见得有效的方法。抖音平台的人工智能算法并非一成不变，甚至它的变化速度和更新频率比一般人提升自己经验值的速度和频率都要快。这个平台之所以特别吸引人，就在于它能够让你感觉到它有很多的未知空间、未知领域，很有挑战性，没有一个人敢说自己非常了解这个平台。运营抖音账号的时间越长，对于抖音平台人工智能算法的"去中心化"感受就越明显。任何一条经验都不会永久有效，绝对不会，如果那样的话，就不是去中心化的算法了。每一条视频的发布都是主播重新出发的那一刻，不然的话所有的新人就没有上升的机会了。

即使识破了人工智能算法的"小心机"，想要规避掉它依旧是不可能的，只要它识别到你在"套路"它，人工智能算法就会很快设置一个"天花板"，迫使你放弃躺平，重新寻求新的上升道路。要知道自己是不是碰到了"天花板"，一个非常容易识别的参数就是粉丝量。会有那么一段时间你发现，不管自己发布新视频的频率有多快，粉丝量一直没有上涨，甚至还会下降，这就是遇到"天花板"的表现。我对抖音平台人工智能算法的评价很高，其中很重要的一个原因就是它的粉丝质量。据我所知，在其他很多平台上，为了自己面子上好看，可以买一些"僵尸粉"来充数，但是抖音平台上基本不可能出现此类运作，关注你的粉丝是真实存在的，给你的反馈也就真实且具有价值。

当我的粉丝量超过二百万之后，我观察到自己的账号每天减少的粉丝起码得有八百到一千个，同时新关注我的粉丝量也大概在这个区间内，于是这就维持了一个动态平衡。在外人眼中，我的粉丝量在一段时间内没有增长，其实它是有变化的。只有新关注我的人多于减少的粉丝数，体现在粉丝量数值上才能呈现增长的状态。而每天更新视频的条数和更新频率只能够决定人设，爆款视频才是粉丝量增长的决定性因素。

我曾经有一个非常错误的认知，以为抖音平台的算法就是简单的加减法。比如说我发布了两条视频，每条视频的点赞量是五万，那么这两条视频加在一起，就相当于一条点赞量十万的视频。事实根本就不是这样的，点赞量十万的视频播放量远远高于两条点赞量五万的视频播放量的总和，甚至可以达到总和的 N 倍。所以，要想让粉丝量肉眼可见地增长，必须要有新的爆款视频出现。那么主播就不得不提升自我，达到一个新的认知高度，支撑自己再创作出一条爆款视频。在自我意愿的动力和抖音"天花板"压力的共同作用下，"躺平"变成一件不可能的事情。不断突破自我，产生新的爆款视频就成了常态。这就是抖音平台与其他平台完全不一样的地方，在这里无法依靠数量的积累来达到上升的目的，只能凭借高质量的新爆款视频来打破旧的粉丝数量平衡点。

这些都是我的真实感受，得失心和胜负欲在这个过程中逐渐淡化，再也不会像最初时，发了一条视频之后就吃不下饭睡不着觉，何苦那么焦虑呢？单独的某一条视频，并不能代表自己的真实水平，但是三个月以后，账号的总体运营效果如何，基本就代表自己真实的水平了。想要提升，就得不断挑战自我。我觉得，与抖音后台的人工智能算法斗，虽然我真不一定能斗得过它，但必然是其乐无穷的。

一句话知识点：

　　"人有悲欢离合，月有阴晴圆缺。"生活中意外随时到来，偶尔暂停一下工作实属正常，无须焦虑。毕竟在某些情况下，量变并不能产生质变，唯有爆款方能突破。

书读万卷：腹有诗书气自华

有喜欢看我视频的粉丝朋友称赞我，说我把短视频真正做到了雅俗共赏，让各个层面的观众都喜欢。首先非常感谢粉丝朋友的厚爱与肯定；其次呢，这话确实是谬赞了。抖音是一个开放的平台，汇集了不同性别、爱好、年龄的各种各样的人，我不可能做到让每一个个体都满意、都喜欢。同时，如果把这个作为对自己的要求，那会让自己感觉特别累，整个人一定是焦虑的。正所谓"虽不能至，然心乡往之"，完全做到雅俗共赏是不可能的，但我们可以朝着这个方向去努力。比如策划视频内容的时候，我们尽可能地去了解大多数人关注的话题，选择大众共同的兴趣以及认知的交集，从而使得自己的视频适合大多数人的口味。兼顾大俗与大雅，并且能在俗雅之间自由地穿梭，那是件相当不易的事，难度系数极高，但是有一个基本的指标是一定要达到的——如果你要给别人呈现一杯水，自己就得确确实实地拥有一桶水。

说到文化知识类，再具体一点就是关于读书。有一句话我特别认同，是一位老先生说的，"读常见书，下基本功"。我觉得这句话恰恰能够回答文化知识类主播如何做到雅俗共赏这个问题。"读常见书"，就是说不要刻意去追求与众不同、特立独行，没必要走偏门、博眼球，哗众取宠去研究过于偏、怪的书。即便取得了关注度，也不见得能获得美誉度；"下基本功"就是要保证读书的数量和质量，要多读书、多积累、读得扎实。

在 2021 年 4 月 23 日"世界读书日"时，央视举办了一场主题活动，我参与了直播连线，主持人让我给在看直播的全国各地读者们推荐一本与传统文化相关的图书。只推荐一本，那我选择的是《唐诗三百首》，依据就是"读常见书，下基本功"这个原则。

《唐诗三百首》，我相信绝大多数人都听过，同时可能会觉得平淡无奇。这本书是清代乾隆年间，由蘅塘退士从全唐诗约八万多首中精选了三百一十首，结集成书，刊行后广为流传。这三百年来，中国各阶层的书架上，甚至只要是有华人的地方，《唐诗三百首》都是家中必备的图书之一，这真可谓是

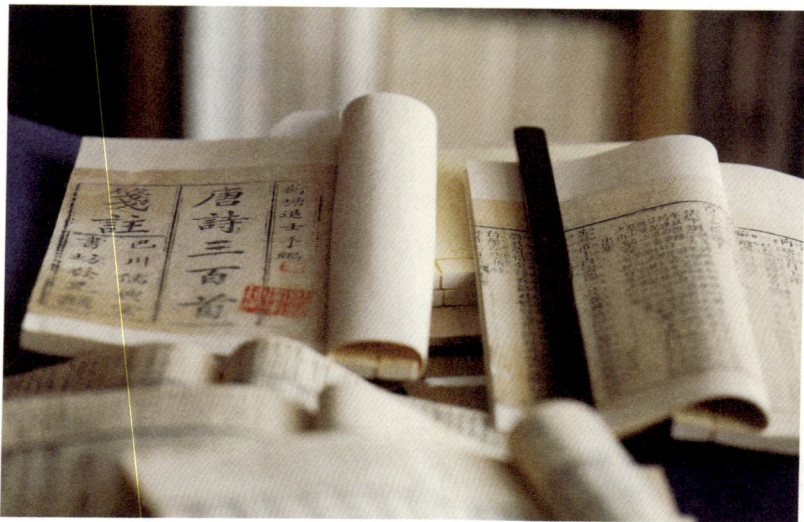

我收藏的初版《唐诗三百首》

雅俗共赏。

那怎么能让大家在雅俗共赏之外，又不会觉得过于平淡呢？很简单，让大家看到这本众所周知的书中藏着鲜有人知的秘密。我非常有幸收藏到一本清代乾隆年间刊印的《唐诗三百首》的"初版书"。从这一部古籍上能清晰地看到这本书的版本演进变化，能让人感觉到中华文化是有生命力、在不断生长的。

拿王之涣的诗《出塞》为例，《出塞》也叫《凉州词》，"黄河远上白云间，一片孤城万仞山。羌笛何须怨杨柳，春风不度玉门关。"这是我们熟知的版本，而在初版书中是这样的：

"黄砂直上白云间，一片孤城万仞山。羌笛何须怨杨柳，春光不度玉门关。"

这个例子可以让大家直观地看到，现今流传的版本与初版的巨大差异，让大家马上就感觉到，原来我们耳熟能详的传统文化并非是一成不变的。近三百年间，中华传统文化在传承中不断发展、演进，这是我们在语文课堂上难以体会到的。懂得了传统文化深处的基本常识，我相信每一位普通的读者，都会在阅读的路上使自己"腹有诗书气自华"。文化的作用在于温养，大概像小火慢炖似的，每天坚持但可能见不到特别明显的变化，但如果将时间维度拉长到半年以上，让阅读成为融入骨血的习惯。你就会觉得这种变化扑面而来，这恰恰就是古人口中的"润物细无声"。

如此将"读常用书"与"腹有诗书气自华"的结果关联起来，就基本可以照顾到各个层面的读者了，也就是向着"雅俗共赏"多努力了一步。

关于《唐诗三百首》还有这么一个小故事想和大家分享。

我曾经推荐过某个版本的《唐诗三百首》，有个粉丝朋友按照我的推荐下单购买了这本书，但是收到图书之后他不大高兴，因为他怀疑这本书不是正版，因为书里有"错误"。

首先，我明确表示这本书是正版图书无误，这是我推荐图书的前提和底线；其次我解释了一下这位粉丝朋友提出的"错误"，在这一版《唐诗三百首》中，大家熟知的李白《静夜思》题目写的是《夜思》，"静"字不见了。这就是典型的版本问题，并不是错误，而后举例《凉州词》中的"黄河远上"与"黄砂直上"。解释之后，这个粉丝网友很满意，表示理解了。最后我又对这位粉丝反馈提示：中小学生语文考试答题，要以课本为准，但成年人需要开阔眼界，可以选择不同的版本，而图书推荐主播要做的就是让阅读精准匹配读者的差异化需求。

我们在抖音平台上发布视频，面对的是各种层面的观众，有些内容他们可以理解，有些则暂时不能理解，甚至会因此指责主播。作为主播要坦然面对这种指责，怀着包容的心态正面回应大家的疑问，如果没有良好的心态，那根本就做不好文化知识类的主播。

一句话知识点：

读书破万卷，不仅下笔如有神，录制视频也是如有神助。观众群中三教九流什么人都有，自个儿文化底子厚实些，才好应对各方提问呀。

雅俗共赏：形式各异，殊途同归

同样是雅俗共赏这个努力的方向，不同的文化知识类主播具体做法也是不一样的，主要分为两种：一种是以市场化的团队组织直播带货为主的文化知识类主播，一种是以个人自媒体发布视频带货的知识类主播。2021年的北京书市隆重开幕，这是一年一度的图书盛宴。很荣幸，我被主办单位北京市委宣传部、承办单位北京发行集团聘为"形象代言人"。同时接受聘书的，还有大家熟知的王芳老师。我们两人都属于文化知识类的主播，但在图书带货形式方面，又完全不同。

王芳老师以及她的团队推荐图书，一定也是雅俗共赏，但方式更加偏向市场化，按照市场化的方式去把规模做大做强，这是图书的推荐解读和市场化营销相结合的做法，两个维度都是考量的标准，同时也都赋予了主播压力。在北京书市形象代言人的授牌仪式上，王芳老师在感言中说，在直播推荐图书方

我收藏的清代刻版《史记》

面，未来会从雅俗共赏的角度选择图书，给大家推荐更多优质的图书，性价比也会争取做得更好，这是她和她的团队的追求。而我作为个人自媒体主播，在直播推荐图书方面暂时还没有设想，我的兴趣更在于深度挖掘一本图书的核心价值，像打井探矿一样，深层探测，之后用浅显易懂的方式讲给大家听。

　　我在授牌仪式感言中，和现场读者嘉宾分享了一个我与《史记》的真实故事。

　　我书房里收藏有一套清代同治年间刻印的《史记》，它是乾隆时期武英殿殿本的复刻版。清朝的武英殿是清朝皇帝御用的出版机构，武英殿出版的刻书，即"殿本"，也称"官刻本"，其内容经过了当时很多大学士的反复校对，以严谨著称。我收藏到的这套书，初代收藏者是一百多年前的一位大儒，他把自己阅读这套书的痕迹鲜明地留在了书中。众所周知，有些读书人会在阅读的同时，在书上做一些批注。阅读竖版古籍，眉批是注在书页上面的，这套《史记》每一本几乎都用蝇头小楷写满了眉批。一般人读书，批注的内容通常是读后感或者阅读随想，而这位百年前的大儒批注则截然不同，老先生是把这套《史记》从头到尾完完整整地重新校对了一遍，挑出了几百处"讹、脱、衍、倒"的错误，而且旁征博引，对比众多版本的异同，包括历代学术观点的商榷争鸣都用蝇头小楷仔细地在原书上标注了出来。

这套《史记》中的文化含量给了我巨大的冲击，让我久久难以忘怀。当时就一个感觉，必须把这套书收藏到我的书房里，无论价格多高。夸张点说，即便是砸锅卖铁，我也要得到这套书。经过一番努力，我如愿以偿，现在每天在书房中看到它，就如同沐浴着先贤读书人的光辉。对于文化知识这种深层的宝藏，一定要自己去了解、去真正地接触，对它像对自己亲人一样熟悉，努力向文化的大雅去追寻。拥有了足够多的文化认知后，再用通俗的方式把它解读出来，让更多的读者知晓，这就完成了在大雅和大俗之间的穿梭来往。

一个文化知识类主播的角色正是成为大雅和大俗之间的一架优质的桥梁。要实现这个目标，自己必须要付出努力，要学习。

在我的抖音账号推荐图书列表中，我给粉丝朋友们推荐过很多个版本的《史记》，有适合低幼年龄段读者阅读的《史记》故事绘本，有适合中小学生阅读的白话版《史记》，还有适合成年人阅读的文言文原版《史记》……各种不同的版本针对需求不同的读者，我要做到有针对性的推荐，就必须要把市面上各个版本的代表性《史记》都了解、都吃透。向文化知识的深层次挖掘，找到它真正的核心内涵，当我自己把这份功夫下到了，自然就有了给别人推荐的自信。

文化知识类的短视频要真正做到雅俗共赏，绝对是个技术活，难度非常高。一般常见的专家有两类：一类专家能把大家都清楚的事说得特别高深，把人都说糊涂了；另一种专家则是把大家都不了解的事，用三言两语就能说清楚了。后者正是我的追求。那么如何在大俗大雅之间自由穿梭、随心所欲而不逾矩呢？我觉得办法无非就是两个字——"勤""真"。

"勤"，是"勤快"的"勤"。师爷齐白石先生是我的标杆。齐老爷子到七八十岁的时候，每天上午画三四张画，中午午休一下，下午画三四张，晚上再画三四张。就这样，每天十几张

忙里偷闲读本书，俗话说得好，勤能补拙嘛

画，天天如此，从不间断。勤能补拙，量变产生质变，这是普通人都可以实现的，何况是齐白石这样的人物。

读书也是如此，我为了提高阅读量，对自己的要求是每天速读三本书。注意，是速读，主要是了解一本书的梗概以及重点内容，判断它的含金量，这是属于认知方面的快速浏览。与速读相对应的另一种方法是精读。值得精读的书是要读一生的，甚至用一生的时间都未必读得完、读得透，比如《史记》《论语》……

用一生精读一本书，这不是磨洋工，也不是懒人读不完书的借口，而是一种日积月累的沉淀过程。比如《论语》，我一直在读，不同朝代的、不同版本的《论语》我看过很多，各个版本进行比较之后，我发现其中的不同之处正是趣味所在。我个人最喜爱的《论语》是民国年间的扫叶山房版，注释言简意赅非常到位，水平超过了当今很多权威学者注释的《论语》。在外人看来，你似乎永远在翻一本书，都快翻烂了也好像没有什么长进。但是你自己知道，在别人看不见的地方，在自己的心灵里，文化的积淀已经堆成了一座高山。相对应的，你会从内心透出自信与豁达来，这正是"腹有诗书气自华"的本源。

"真"，是"真实"的"真"。无论是做文化知识类的主播，还是其他类别的主播都一样，你得真实，不能为了人设的完美，装作自己无所不知，无所不晓，这多累啊，何苦呢？在文化知识领域，一个人再有才华、再有本领，在知识点的掌握上，一定会有自己的短板和疏漏。但这丝毫不影响文化自信，因为人脑不可能像电脑一样，把方方面面的知识都事无巨细地储存起来，但是人的学习方法、路径，一定是向着更高维度去努力的，并不限于掌握知识点本身，而更在于掌握它整体的系统的认知方法，这才是人的不可替代性。

文化知识类主播传播内容，不是跟机器比拼，需要你会背多少首古诗，或者知道多少个生僻字的读音，或者某个字有多少种写法，这种知识点我们是记忆不了那么全面的。所以你完全可以做一个坦然的主播，无论是在直播过程中，还是在视频的评论区里，遇到不懂的问题，就直说自己不懂，这也没什么丢人的。小处的疏漏并不代表大处的缺失，就像真正的战略统帅，不计一城一地之得失一样。

追求真，更多的是追求自信和坦然。齐白石老先生在这方面同样是我的榜样，即便他已经是画坛的大师了，也从不掩饰自己是农民出身。别人问他："为什么您画的白菜、萝卜、竹笋都是活生生的，别人画的都没有生气？"齐老爷子回答说："你们都在城里，没做过农民，不像我通身蔬笋气。"没有相应的经历，难以画出活灵活现的画，做短视频也是一样，别装。实实在在，有一说一，有二说二，没必要戏精似的拼演技。人不能拧巴，情绪一定要统一，自己做得快乐，别人看着才能快乐；自己做得轻松，别人看着才会轻松。

一句话知识点：

　　雅俗共赏难以做到，芸芸众生各有性格，岂能尽如人意。但求无愧我心，保持本真，足够勤快，一步一个脚印慢慢努力，总会有拨云见日之时。

前路漫漫：扬长避短，课程规划

　　在抖音平台上运营账号，要常变常新，所以我对自己账号未来的发展方向也是有规划的。改变肯定会有，但也不能哪个领域火了，就马上转到哪个方向去，还是要有自己的个性化坚持，坚守在广义的文化范畴之内。运营自媒体账号本身就是一个扬长避短的过程，根据自身的优势和特点，在文化知识的广义范畴内，持续增添并优化内容。

　　我正在全力制作一套很实用的系列文化课程：一、"声音课程 + 国学经典诵读、导读"；二、中国画入门；三、书法入门……都是为零基础网友入门学习服务的。

　　首先，将常规的声音课程与中华传统文化经典名篇、唐诗宋词的诵读导读相结合，做一套有文化内涵的声音课程。

　　播音主持专业是我在大学学习的第一个专业，又经过多

鱼和熊掌并非绝不可兼得，要讲究方法

年实践，积累了大量实战经验。我把好声音练习技巧整理成课程做一个输出，这是一个很有实用性的技能，不止青少年，各行各业的成年人也有这样的需求——好声音，会增加一个人的魅力。

在传授普通话发声方法的同时，还会讲述一些表达技巧，这与我的工作经验有很大的相关性。我参与过香港及澳门回归、历年两会、人民大会堂开幕式等重大新闻活动的现场播音主持工作，在这些场合就不只需要普通话播音字正腔圆，同时还需要根据场合随机应变的能力。

更重要的是，配合声音练习的素材是中国文化经典名篇的导读和有声朗读示范。大家在声音练习的过程中，同时沉浸式学习了传统文化，一举两得。尤其包含小学、中学应背诵的诗词，一份课程，全家受益，是适合孩子和家长共同学习的"家庭版"声音课程。

另外一项课程就是"中国画入门"。同样是为零基础的广大网友服务的。

春晚舞蹈《只此青绿》让大家陶醉于中国画之美，而市面上学习中国画的课程良莠不齐、价格不菲。所以，我的课程定位非常明确，就是零基础学习中国画、使人轻松入门的高质量线上课程。

其实，画画一点儿都不难，是读书人的"余事"而已。齐白石老先生有一幅著名的画《三余图》，画了三条鱼，谐音是"三余"，意思是说"画者工之余，诗者睡之余，寿者劫之余"，把写字、画画、作诗、睡觉这些普通人日常生活中的元素，融入自己的文化体系中。文化并不是与我们日常生活相隔十万八千里、只需要我们仰望的东西，文化完全可以融入生活，成为我们日常生活的一部分，让平淡的生活更有意义、更有趣味。我希望自己输出的中国画入门课，核心内容是齐白石绘画艺术，这恰恰是我最熟悉的、研究最深的艺术领域，同时也最适合各年龄人群初学入门。

如果在课程学习中，能发现一些好苗子，当然就更值得欣慰了。

第三项课程——"书法入门"线上课，包括毛笔书法和硬笔书法。

我曾经发布过一期关于"字如其人"的视频，粉丝反响热烈，平台流量也很不错，可见大家对写字这方面的意愿和需

习字一事，可试"怀素书蕉"之风雅

求还是非常强烈的。同时我清晰地感觉到硬笔书法在一定程度上属于刚需，尤其对于青少年来说。中小学生书写的优劣是会影响成绩的，尤其试卷书写的"卷面分"是公认的"痛点"。

　　能写一笔好字，不仅"字如其人"代表了自身面貌，更是作为中国人最基本的文化诉求。学习毛笔字更多的是修身养性，可作为伴随一生的爱好。而且，能在平常的生活场景中自己动笔"露一手"，无论春节写福字、写春联，还是平时潇洒签名……都是非常实用的技能。

　　其实在读书和文化课程之间，真的没有很大的鸿沟。对于文化知识类主播来说，向大家推荐图书的同时，再推荐一些文化类的课程，是相得益彰的，不仅对人设本身没有副作用，反而会有更全面、更立体的良性增强作用。有一些懂市场营销的朋友提示我说，目前推荐图书的市场盈利是很可观的，同时线上课程的市场盈利规模会更大，如果有能力的话，可以都试试看。我觉得这没什么不好，"君子爱财，取之有道"，能把文化领域的实用技能和知识分享给大家，同时又实现了市场价值，这是一件好事。

　　总之，在目前的文化知识分享和图书推荐视频之外，我用心制作的系列文化课程也将很快和大家见面。同时运营好其他的短视频平台账号，即视频在抖音首发之后，在快手、头条、小红书、微信视频号、微博等等不同的平台分发，这样获取的粉丝量全网叠加，视频内容传播力度加大，文化影响力也会相应提升，这是有志于文化知识类主播都可以尝试的事情。

一句话知识点：

　　运营短视频账号，既要常变常新，又要不忘初心，改变不能超过自己的能力范围，也不能太过于保守；不能脱离市场需求，也不能唯利是图，掌握好分寸，才容易走得长远。

第四章

我的加分项

聚沙成塔：庞杂的知识储备

"积累"二字，应该是所有尝试做文化知识类主播的共同需求。知识确实需要积累，"罗马不是一天建成的"。关于积累知识的方法，每个人的习惯都不一样，我是属于笨鸟先飞型，坚信"好记性不如烂笔头"。小的时候，我有一个习惯，手边总放着一个摘抄本，不管是在读书的时候，还是在看电视的时候，或者在听别人聊天的时候，觉得某句话、某个词说得好，某个知识点有意思，就会翻出摘抄本随手把它记录下来。这个习惯伴随了我很多年，时不时把摘抄本拿出来复习一下，强化一下对知识的印象，自己都觉得很有趣。

要把一个知识点真正地变成自己的知识储备，不是一次记忆就可以完成的，最少还需要三次以上的强化。拿我使用摘抄本做例子，听到、看到知识点，这是第一次记忆；拿笔把知识点记下来，这是第二次记忆；翻开笔记本再看一次记录的内

我的笔就在我手边，随用随取

容，这是第三次记忆。三次记忆步骤完成之后，我最起码已经记住其中一半的知识点了。过一段时间之后，我再回过头看一遍摘抄本上的知识点，加深印象，基本上百分之八九十的知识都能够记住了，即便印象不是极深，但也足够应用了。以后在学习、生活、工作中突然碰到某个问题的时候，会想起来自己以前好像听到过或者看到过这么一个知识点，再使劲想想，过往的知识储备就会在这一瞬间被唤起，仿佛一座内存的知识火山开始喷发，问题自然就迎刃而解了。

所以，知识储备是很有用的，在写视频文案的时候，总不能所有可能涉及的知识都靠临时搜索来收集，然后进行整理和加工，再酌情应用到自己的视频文案中。临时抱佛脚虽然有一定作用，但是远远不够，无法成为你做好自媒体的支撑力量。我建议文化知识类的主播对于一些搜索工具的态度一定要明确，它充其量可以作为最后确认知识细节的表述精确与否的工具，但不能作为主要的信息来源。

我曾经发布过一条短视频《古老的方术》，引得一众粉丝朋友观看讨论，评论区里非常热闹。这一条之所以能收获大量关注，是因为视频中密集的"冷知识"输出，持续引起了观众的好奇心。当时有很多粉丝朋友惊呼："我的神哪，您是从哪儿知道这么多东西的？"要制作这样一条视频，靠临时百度搜索是难以完成的。其中大量知识储备正是来自我以前记录在摘抄本上的内容，这些都是经年累月积累下来的珍宝。"故不积跬步，无以至千里；不积小流，无以成江海。"大家看到的所谓"学识渊博"都是集腋成裘、聚沙成塔而已。

再举一个因冷知识的积累和应用而大受好评的短视频案例——《这个陷井（阱）谁能看穿》。

视频一开头，自嘲一句，再制造点悬念："昨天没忍住，又好为人师了一把，但帮了朋友，让他少花了冤枉钱。""冤枉钱"是个比较容易吸引人注意力的词语，我相信到这句，观众的好奇心就被勾出来了。接下来讲故事，说我的一个朋友看中了一把一百年前的民国老扇骨，把照片发给我，让我给掌掌眼把把关，我一看就说这东西不能买，因为"有问题"，而这判断的依据就在扇骨上。这把所谓的老扇骨上面有款，写的是

这个陷"井"（阱）谁能看穿

"蘇州韵鬆堂扇莊"，清朝末期在苏州确实有这么一家扇庄，但问题出在这款的字上。

　　首先，"鬆"是繁体字，当"松"用作松散之意的时候，可以用繁体的"鬆"来写，但如果当作"松树"的"松"，那就只能是简体的"松"字。同理的还有"云"字，说蓝天白云的时候"云"可以写作"雲"，但意为"说"的时候，比如"孔子云"就只能是"云"了。简体字、繁体字的写法在古时是有规矩的，老字号"韵松堂"本意是青松的气韵，造假的人不懂，望文生义，觉得过去都用的是繁体字，就自作聪明地写上了"鬆"，没承想弄巧成拙，把"韵松堂"的意思拧成了"韵

味松散的屋子"，反而成了造假的证据。

其次，当年商号也有自己的书写习惯，比如南京叫金陵，苏州则被称为姑苏，真正的写法也不是"蘇州韵鬆堂扇莊"，而是"姑蘇韻松堂出品"。

另外，我作为北京扇子艺术协会的副会长，相关的藏品还是有一些的，其中恰恰就有民国时期的老扇面，出品方正巧就有姑苏韵松堂。拿出实物一对比，"李逵"和"李鬼"放到一起，真假自然立现。

知识说完，来一句总结："所有这些都是文化常识的范畴，常识不见得条条都能用得上，但关键时刻你懂的常识多，就比别人多了信息不对称的优势。"增加常识的必要性有了，接下来的图书推荐就水到渠成："这朋友让我开个书单子，他要补补课，我说你别贪多嚼不烂了，先看看北京大学王力先生的《中国古代文化常识》打个基础，以后慢慢来吧。"

在这条视频里，我除了应用常规的视频文案写作方法之外，在题目上也抖了个机灵：《这个陷井（阱）谁能看穿》，用的是"井"字，而不是大家熟知的"阱"。为此，很多粉丝朋友在评论区里面留言，问这个"井"是不是用错了。如果按照《现代汉语词典》，甚至是《康熙字典》《说文解字》，这个"井"都是错的，应该改成"阱"。因为陷阱是捕兽用的，所以"井"

要加上"阝"，而"水井"的"井"就不需要加了。但如果按照"井"字的本源，从象形文字演化而来一定是最简单的"井"字，随着社会进步才产生了"井"的不同用法，因此"井"字也发展出了各种分支。而这些并不需要在这条视频中详细解读，就留这么一个值得商榷的话题，使粉丝朋友们在评论区展开讨论，这不就等于额外又给这条视频增添了热度吗？

所有的传统文化知识点，虽然可以分成不同门类，但我们没有必要狭义地把它们分割开来，就好像"隔行如隔山"似的，因为"隔行不隔理"呀，万物皆通，跨界融合可是大有可为的！我们既要做某一领域的高水准专家，也要做个"江湖百晓生"，这恰恰是新媒体时代对于文化知识类主播的要求——杂家和专家一定要兼而有之。

一句话知识点：

　　身怀一技之长固然重要，但靠着庞杂的知识储备，巧妙地运用各种表达方法，同样可以给你的视频增加热度和大家的关注点。

斜杠中年：文化门类兼容并包

"兼而有之"，应该算是我的个人特点之一。我本身就有很多种爱好，关于文化和文化相关的一切我都有极强的好奇心去探索和追求。有一个词叫"斜杠青年"，我觉得我应该叫"斜杠中年"。

工作的这些年来，我的"斜杠"属性体现在我的职位多变上。不同于一部分人为自己的工作岗位奋斗终生的理念，我几乎将台前幕后的各种职位都体验了一遍，比如我做过记者、主编、制片人、播音员、主持人等等。当然不是那种走马观花、玩儿似的体验，而是沉浸到这个职位中去，体会当前职位与其他职位的相似处与不同之处，寻找过往的经验与当前工作需要的联通之处，融会贯通，以应对未来的变化。

作为一个媒体人，我一边熟悉传统媒体，一边适应新媒体，

师父的"锲而不舍"，我挂在画室，也记在心上

同时又一杠子斜进了书画艺术领域。传统文化门类众多，而我却选择了书画研究作为自己的人生追求。前前后后出版过十几本书，虽然没有像畅销书一般洛阳纸贵，但这并不影响我继续在传统书画艺术领域深耕。

这些年，经历过数次搬迁，我工作室的主要部分仍然是画室，书房在另一间。在画室里，我专注于书画艺术的学习和研究，墙上挂着我师父娄师白先生和师爷齐白石先生的作品，一抬头就能看见，时刻提醒自己这是毕生的追求。我师父的作品是"锲而不舍"四个大字，用齐派篆书写成，对我的书画艺术追求有鼓励和鞭策的作用；旁边就是齐白石先生的一幅画，一盘写意的火红樱桃，还有齐派代表作的工笔草虫。名家的真迹原作对于文化学习是不可缺少的，挂在一打眼就能看见的地方，可以营造出一种书画特有的文化氛围，让自己融入其中。

工作室的文化氛围不仅限于画室这一方天地，一进工作室的门便可以看到我师父娄师白先生的一幅牡丹图，下方摆放着一个梅瓶。这是有讲究的，在中国传统文化中，牡丹代表了富贵，梅是文人的气节体现，瓶则代表了平安，摆在一起，"富贵平安"又不失文人风骨，很有传统文化的意韵。

同时，我很愿意称自己为"读书人"。其实读书是读书人最基础的核心特质，无论你身在什么行业，只要开卷，就是"读书人"。我们熟知的先贤和文化大家，例如梁启超、胡适，他们的事业都与读书息息相关。梁启超曾经写过一本书，书名叫《读书指南》，当年风靡一时，很多读书人都追求这本书，想要一睹为快。因为在这本书中，梁启超和胡适关于推荐大家读什么书而开展了一番有趣的论战。说到读书，伟人自不能少，毛主席当年可是担任过北大图书馆的管理员呢。

读书，不但要多，而且书的版本、质量都要有选择。我

线装古书保护起来真是难，可看着也真是高兴

的画室虽然和书房是分开的，但我的画室中也有书架，放了很多线装的古籍，书上有先贤留下的阅读批注痕迹。这是读书人需要的一种学习氛围，仿佛沐浴着圣贤的光辉，鞭策声时时在耳边回响，自然不会懈怠。

对于文化收藏，我有自己的独特理念。藏品不要存放在库房里而应尽量放在书房里，最好自己要有修复的能力、改造的能力，深入地体会先贤留下来的这些文化遗产。

我的画室中有一幅清代仕女图，原作残缺，画上的两个仕女没有什么问题，但是仕女旁边的桃树被老鼠给啃了，主干没了，剩下一个大窟窿。我为了修复这幅图，翻阅了大量的参考资料，最后自己动手添笔修复把残缺的部分补全了。我认为，这才是收藏的乐趣。不在于藏品价格多高，不在于能把价值几亿的作品据为己有，而在于我和百年前的古人联手创作了这一幅珠联璧合的作品，这是深层的文化体验，是读书人的乐趣。

我的另外一个乐趣就是在工作室里焚香。而香薰炉本身也是一件古物，它是春秋战国时期的一个错金银车马件。如果博物馆的工作人员拿到它，肯定会给它加上标签展示在橱窗里，但是这种做法对于读书人布置自己的文化空间是没有意义的，所以我利用它是空心的这个属性，把它稍微改造一下装配上竹雕的底座和盖饰，做成一个香薰炉，实用又美观，还充满了传统文化气息。

综上所述，我们在读书中积累文化知识，不只是拿来作为自己工作的素材，更不是当作存放在库房中的藏品，而是把它们置入我们的生活空间里，成为随处可见的可以触摸的真实存在之物。

积累文化知识，是一件很自然的事；利用自己的文化知识储备制作一条视频，是一件很轻松的事。比如我曾经发布的

我收藏的各种盖碗，这只是一部分

一条关于茶文化的视频——《日本茶道比我们高雅吗？》，同样得到了许多粉丝朋友的关注。这条视频的灵感是偶然获得的，某天我得到一件日式盖碗，应该是由汤羹盖盅演化而来，其形制与我自己收藏的清代各式风格中式盖碗明显不同。由实物对比，直观可见中日茶文化的微妙差异。这是一个很有趣的点，于是我调动自己的知识储备中的相关内容，写了这么一条视频文案。文化知识可以通过百度搜索去确认正误，灵感却是百度不能给你的。

在学习文化知识的路上，兴趣特别重要，一定要乐在其中。"路漫漫其修远兮，吾将上下而求索"，这本身是一个乐趣无

穷的过程，所以我特别反对"学海无涯苦作舟"。我就纳闷了，
这个"苦"从何而来呢？我现在天天沉浸在学海中，乐还乐不
过来呢！

一句话知识点：

　　文化知识门类繁杂，看似各有系统，实则皆可融会贯通。
学海无涯以乐为舟，做个新时代的"斜杠青年"，必能收获不
同凡响的意外之喜。

速度为王：敏感觉察时事热点

在抖音、快手等短视频平台上做关于时事热点的评论，是一个特别值得关注的方向，尤其对于文化知识类的主播。因为时事热点事件天然具备流量优势，且优势巨大，所以具备文案写作能力的文化知识类主播都应该关注这个领域，无论是扩大自己账号的影响力，还是迅速积累粉丝量和活跃度，这都是一个非常好的杠杆。具体操作的时候，有以下三个重点需要关注。

第一，时事热点的来源。

抖音、快手等新媒体平台上都会设置一个热点话题的榜单，视频的选题可以源于这些榜单，但不仅限于此，还包括平常在自己的朋友圈中比较热门的街谈巷议，或者是一些个人储备的有强烈表达欲望的话题，比如《菜市场正在改变》。有一些话题并没有跻身于热门话题榜单中，但是它本身与其他热点事件相关联，这样的话题是具有爆款潜力的，比如《为什么日本说了"我的词儿"》。如果我们能跟上时事热点，甚至能预判时事热点，那在流量的获取上，我们就有了一个天然的优势。

第二，发布时事热点评论，"快"字特别重要。

"快"，就是速度快，在自媒体平台上做时事热点评论，发布的速度比视频内容质量更重要。当一个话题冲上热点话题榜单的时候，大家的关注蜂拥而来，如果相关评论视频在第一时间同步推出，大家的目光自然就会放到这里来。当然，视频内容质量也是需要注意的，速度能与质量兼顾固然更好，但二者取其一的情况下，速度一定比质量更加值得强调。打个比方，某一件热点事件爆出后，我在两个小时之内发出了一条评论视频，速度很快，但质量并没有特别好，可能只是浮皮潦草地表达了一下自己的观点。即使这样，流量也会不错；如果延迟滞后超过二十四小时再发出评论，即便视频内容质量非常好，观点很有深度、极有见地，但它获取到的流量未必比得上速度快但质量略差的那一条。但是要注意物极必反，千万别理解成"萝卜快了不洗泥"，为了追求速度完全不考虑质量。如果条件允许的话，速度和质量齐头并进，才是最佳的选择。

第三，在短视频平台上发布时事热点评论，"短"是关键。

首先，新媒体平台上的时事热点评论视频与传统媒体的时事评论文章，实质是一样的，只是形式上某些特征更加明显。同样是"倒金字塔"型的结构，传统媒体的时事评论文章开头是导语，而短视频平台则强调视频的"前三秒""前五秒"。如果可以做到开篇就牢牢地吸引住观众的注意力，那么相应的流量就会成功获取。其次，既然是短视频，那么内容就更需要简短明快，评论最忌讳面面俱到、贪多求全。主播欠缺鲜明的观点，观众就欠缺观看时淋漓痛快的感觉，所以评论必须要拿最醒目的一点做文章，其余可以不计。正所谓"伤其十指，不如断其一指"，同时不能"一叶障目，不见泰山"，评论应尖锐而不偏激，这其中的分寸一定要把握好。

最后，针对"短"这个特点，更要注重视频文案节奏和文采，要努力尝试制造金句，比如我写过的"我辈弃之如敝屣，他人拾之若珠玉"，朗朗上口，具有传播性，与主题的对应性也极强；"高学历人才脑子都没问题，只是屁股别坐歪了"，这句话并没有从韵律上十分工整对仗，但使人感觉到这句话具有强大的张力。强有力的公众传播属性，一定是字短而意丰的。

说完注意事项，再来说一个实操上的小技巧。

　　写时事热点的短评，具体的过程实际上就两步，一是做加法，二是做减法。先做加法，后做减法，它们是密不可分的。

　　当我们准备做一个时事热点评论的视频，首先要从当前时事热点中找到一个主题突破点，然后搜集头脑中储备的所有相关信息。对于模棱两可的信息可以先进行多渠道搜索确认，这就是做加法的过程，尽可能多地把和视频主题相关的信息元素都加起来，写成一篇视频文案。

　　按照内在逻辑写成一篇文案之后，接下来就是做减法的过程了。因为短视频自身的特性，我们需要在更短的时间内，用更快的节奏达到更明确的传播效果，所以对待超量的内容必须要大刀阔斧地裁减。

　　减法说起来很容易，做起来难，因为做加法时你调动自己的知识储备，为文案增砖添瓦，很有成就感，写成的视频文案就像自己的孩子一样，怎么看都完美。非得让你提起刀来做减法，不管减哪儿都心疼，觉得肯定是"减一分则丑"。其实，做减法的过程是一个自我审视的过程，如果是野外的植物它再怎么肆意生长、枝繁叶茂都没有问题，但如果要让它成为有观赏价值的盆景，就必须把零碎无用的枝条剪掉，要敢于"稳、准、狠"地下剪刀。切记：整体精彩，胜于局部完美，"将军赶路，不追小兔"。

最优秀的时事热点评论人，一定是能做加法的同时也能做减法的双重好手。

一句话知识点：

对于时事热点一定要保持高度的敏感度和迅捷的行动力，加上引人入胜的视频开头与令人印象深刻的金句，制造爆款视频就这么简单。同时学好加减法，一定能事半功倍。

态度分寸：虽尖锐但不偏激

　　传统媒体与新媒体平台上的时事热点评论既有相似的地方，也确有一些不同之处。新媒体平台上的时事热点评论相对更加个性化，用词的分寸和尺度相较于传统媒体略大一些，这与平台受众息息相关。传统媒体，比如广播、电视、报纸等等，受众有一部分是老年人，对于一些新兴词汇的运用相对来说有局限性，而新媒体平台上年轻人居多，网络用语使用频率相对较高。但这绝不意味着两种媒体传递出的价值观有什么区别，主流三观完全一致，都以传播正能量为主旋律。如果价值观不够正向，甚至"非主流"，即便在一段时间内获得了较高的关注度，也注定无法获得长期的美誉度。

　　新进入文化知识领域的主播，在时事热点评论这个方面，可以先"对标"，学习借鉴一下相对成熟账号主播的视频文案写作技巧，然后再超越，这是一条捷径。

前面说了不少方法和技巧，不妨举个例子更加直观地解释一下方法和技巧的运用。

《茅台要出院士？》，这个视频一经发布，各项数据非常好看，这就说明选择社会热点事件一定要选择大众关注度高的，不能选择小众领域。此外，对于具有知名度的事件，视频文案一定要接地气。

"茅台要出院士，一片热议。但贵州科协表示，符合流程。符合流程，但不符合常识。"第一句话开宗明义，把观点先亮出来，如果开始就含含糊糊，后边肯定跟一团糨糊似的，就没人看了。

"不抬杠，任何工作都有科技成分。臭豆腐为什么闻着臭吃着香，十三香为什么不是十四香，关于这些问题整几篇论文都没问题，但院士是科技界的最高荣誉，看看名单，钱学森、李四光、邓稼先、袁隆平……学识贡献，有口皆碑，耐得住寂寞，受得

茅台要出院士?

了委屈。"在叙事的过程中要有节奏感，最后四句俗称"四六句"，朗朗上口，大家听的时候不觉疲倦。时事评论一定要尖锐，要有观点，并且要明确地表达出来："酱香型院士也坐在同一排，幽不幽默，亏不亏心，对'科学'二字伤害不大，侮辱性极强。"这句话有些人听着肯定会觉得刺耳，但是在大众听来，会觉得是说出了他们的心声。时事评论不能点到为止，就事论事显不出真正的评论水平、见地和高度，所以时事评论一定要有延展性和启示性："平心而论，科技是我们的短板，芯片还受制于人，烟酒领域远不是科技主战场，慎重点好，简单的事别整复杂了。够院士条件的，别因为资历和人脉关系评不上；不够条件的，也别用企业股票的光环来加持，实事求是才是科学的态度。"这就把就事论事的维度一下子拨高了，直接上升到新时代背景下国家的整体科技战略领域，这个角度会让大家更清晰地看到这件事的可笑之处。我相信关注这个社会热点话题的人，大部分也了解确有年轻的优秀人才无法评上院士，实在是令人扼腕。所以视频结尾处的几句话巧妙地带了一下这个事情，以引起观众的共情。最后一句话点题，"实事求是才是科学的态度"，首尾呼应。

其实，无论是以短视频形式发布的时事热点评论，还是其他场合下的议论文，都是这样的要求。"开头如爆竹，结尾如撞钟"，余音袅袅，把思考的空间留给每一位观众。

　　有必要最后再强调一点：观点尖锐并不意味着可以肆意用词，尤其不能对你批评的人进行人格侮辱。看待事件的观点可以尖锐，可以抨击当事人的具体做法，但是在人格上大家都是平等的。抖音平台对视频中的用词有各种规范，如果在这方面有所缺失的话，平台会对视频做限流或者审核不通过、直接删除等处理，这对于辛苦地创作了一篇时事评论的文化知识类主播来说，将会是个遗憾。

一句话知识点：

　　时事热点评论应做到掷地有声、观点尖锐、见地深刻，但一定要注意遵守平台规则。

出镜技巧：正确发声，找准镜头

　　声音表达是有技巧的，我得益于多年媒体从业经历，尤其是做主持人、主编的经历，对这方面颇为熟悉。没有做过这行的人，没有经过这方面训练可能会觉得这件事情很难，但其实难度并不大，只是有一些认知的误区还没有走出来。

　　大多数人都自认为，对自己说话的声音很了解，其实这是错误的。你认为自己的声音是你听到的那样，而在别人听来并不是那样。声带震动发出声音，你听到自己的声音是通过你的肌肉、骨骼等固体介质传导入耳的，而别人听到你的声音则是通过空气的传导。传播介质不同，收听到的声音效果就不一样，所以你听到的自己的声音和别人听到的你的声音是不一样的。走出这个认知误区，很多在实践中遇到的错误就变得可以理解了。比如有的时候你觉得自己的声音不够响亮，其实未必，别人听到你的声音已经足够大了；或者你自己觉得某一句话没有说清楚，需要再说一遍，其实别人已经听得足够清晰了。声音方面的各种误区都是来源于对自己声音的错误认知。

很多人，包括一些比较成熟的主播，在看他们的视频或者直播时，我们会感觉到他的声音很"累"，当然不是说病理性的累，不是因为感冒或者咳嗽导致声音听起来很疲惫，而是听众感觉上的"累"。有人说是因为这些主播频繁地做直播，一天直播好几个小时，才会听起来很累，其实不然。主要原因是他的发声方法不对，发声时声带过紧，长此以往会损伤声带，而且这种伤害是不可逆的。

鉴别发声方式正确与否的方法很简单：如果你说话的时候，嗓子发紧，那就是错的；如果是嘴唇和舌头发紧，那才是对的。正确的发声方法应该是唇舌要有力度，只要绷紧嘴唇就可以了。训练方法也简单，练习绕口令。给大家推荐一个很有利于训练唇舌力度的绕口令："八百标兵奔北坡，北坡炮兵并排跑，炮兵怕把标兵碰，标兵怕碰炮兵炮。"爆破音能够让唇舌力度很快得到提高，每一次录视频或者直播之前练习几遍，嘴唇就会很自然地绷紧。当然，这个"绷紧"，不是纯物理意义上的绷紧，而是控制自如、张弛有度。

嘴唇绷紧了，那舌头怎么练呢？给大家推荐另一个绕口令："哥挎瓜筐过宽沟，赶快过沟看怪狗，光看怪狗瓜筐扣，

瓜滚筐扣哥怪狗。"练习绕口令，并不是说得速度越快越好、越熟越好，而是要发音准确，以达到它的训练效果。常练这两条绕口令足以解决唇舌力度不够的问题，至于大家特别熟悉的一些绕口令，比如"吃葡萄不吐葡萄皮，不吃葡萄倒吐葡萄皮"，反而在唇舌力度的训练上，作用不如刚才我说的那两条。

　　另外一项声音训练是关于气息的。有些短视频主播和直播主播都会遇到一个问题，觉得自己说话的时候气不够用，总是上气不接下气。这也很好解决，反复深呼吸几次就可以了。平常我们呼吸，浅的时候是胸式呼吸，深的时候是腹式呼吸，而长时间说话的时候，最好是胸腹联合呼吸。平时我们俗话讲的"气沉丹田"，"丹田"大约就是小腹的位置，"气沉丹田"并不是说气息跑到小腹当中去了，腹式呼吸简单讲就是鼓小肚子，作用是使横膈膜下降，从而使肺部扩展使用率达到更加充分的状态。

　　除了声音之外，另一个容易让人纠结的是自己面对镜头的状态。尤其是账号内容形式以真人出镜口播的主播，在录制视频的时候大多数人都选择看镜头，然而镜头是一个不具备任何情感特征的冷冰冰的电子元器件。无论你对着它表达什么内容，最初呈现出来的效果都让你很失望，视频中的你视线呆滞，就像一个高度近视的人，目光没有焦点，做出任何表情看起来都很尴尬。这其实是你的视线无处安放、目光缺乏对象感的缘故。

解决办法很简单，有两个。

视线放在"朋友"身上，使表达方式不再僵硬

一是把你的录像设备——手机、相机或者其他当作是自己关系最亲密的朋友，进入和他们愉快交流的心理状态，这叫"通感"，也称"移情"。用通感的手段，你会觉得是自己的朋友坐在对面，交流是很轻松很自然的，互相看着对方的眼睛，不用刻意去考虑自己的视线该放在哪儿，这样目光的对象感就有了。

二是想象自己的朋友坐在手机的后面，你的视线穿透手机看着自己的朋友，如此一来目光的对象感就有了，视线不再散漫，有了聚焦点也就有了神采，眼神的传达就更为自然。

如果视频文案的内容比较长，我们还需要用到提词器。提词器品牌众多、类型各异，无论是录制手机的滚屏提示，还是另外用一部手机起到提词器的作用，看提词器同样涉及视线如何安放的问题。有些主播使用提词器，依赖性比较强，录制视频的时候就直勾勾地盯着，一个字不落地看，不仅目光变得死板，也容易让观众感觉到你不是在真诚地说内容，而是在机械地念稿子。其实，看提词器有种最佳状态，会开车的朋友不妨回忆一下自己开车的时候看两侧反光镜的感觉，扫一眼就马上收回来。提词器的作用是提示关键词或者关键句，不能把它当作稿子来照着念，我们的视线始终要聚焦在"朋友"身上，表达的方式是交流而不是"我念给你听"。

　　无论对于短视频主播还是直播主播，让自己的文案表达有情感、有温度，是非常重要的，这与像个发声机器似的用快节奏把所有文字都念完，是截然不同的效果。用这些实用技巧，多尝试改变，表达质量一定会提高。对此抖音平台的人工智能算法会给出相对公平的评判，并且由此给出相对应的流量，所以这个改变值得一试。

一句话知识点：

　　要想自己的声音更动人，发声方法很重要；要想自己的镜头表现力更强，目光的对象感不能少；熟练掌握正确发声方式，给视线找一个安放处，视频效果定会如君所愿。

天然雕饰：表达不刻意，力求轻松幽默

制作短视频的技巧虽然不是特别困难，但对于初学者还是有一定的难度。难道需要学完所有的相关课程，把这些技巧都完全掌握到炉火纯青的境界之后，才能开始自己录制视频、运营抖音账号吗？不一定。在我的专业领域中，表达的最高境界是以情带声。即便你在技巧和方法层面一无所知也无所谓，把自己所有的注意力都放在内容和情感表达上，声音自然会进入到忘我的状态，不用去刻意地调整它，运气好的话同样可以获得很好的效果。而且这种声音的表达能够如影随形，当你的情感和表达愿望都在喷薄而出的状态下，你完全不需要考虑自己的声音是不是字正腔圆。这种以情带声的声音表达境界是专业的播音主持人追求的最高境界，而普通人却可以直接走捷径，这就有点大巧若拙的意味了。

既然以情带声是专业与非专业主播的终极目标，那么基础的发声、表达技巧，就可以理解为只是学习的路径之一罢了。让这些技巧为我所用，而不是被它所累。大家可以慢慢学习，甚至以后再补课都可以。如果刻意去学播音技巧，过于追求字正腔圆，不把关注点放在内容和情感的表达上，会让观众觉得你只是一个念稿子的播音员，这就弄巧成拙了。这个道理说得通俗点，正如学院派的歌唱家熟知乐理，表演能打动观众，而大山深处的民间歌手不懂高深理论，但哼唱的山歌照样动情。

另外，各种类别的主播好像都有一个共同问题，只要是真人出镜，就会对自己的形象格外在意。录制视频之前，文案准备了半个小时，然后化妆一个小时、做发型一个小时、挑选服装一个小时……这样实在是有点本末倒置。虽然我很理解，但我认为作为内容的传播者，最主要的精力还是应该放在内容上，最打动人的还是自身内在修养。长期维护粉丝黏性，账号的长期运营，一定是主播的内在素质，当然我并不反对内外兼修，但逻辑一定是内在为主，外在为辅的。

无论是视频文案还是直播互动，让内容变得有营养的同时，要让它变得有趣。即使每个人从事的行业不同、年龄不同、性别不同，"有趣"都是一致的追求。在生活中我们会有这样的感觉：有的人在专业领域很拔尖，你非常佩服他，但并不觉得他亲近，原因很简单，这个人很无趣。无趣是个很麻烦的事，我们要让自己变得有亲和力，有趣是一条捷径。平时多读书，参考相声、小品、小说等等文艺作品中的文字运用技巧，是比较容易的方法。

举个例子。我有一个朋友，中央电视台的评论员张彬，身材很敦实，戴着眼镜，是个有趣的人。有次吃饭聊天，他说："我在本命年碰到了很多事情，非常不顺利，比如去旅游，在一个水潭边给我的爱人拍照留念，我想找一个最好的角度，就在桥上反复移动，找到个位置觉得还不错，但是我再退两步可能更好。我就退了两步靠在栏杆上，结果栏杆年久失修，禁不住我庞大的倚靠力量，'咔嚓'一下子栏杆断了，我连人带机器落到水中。虽然我会游泳，但技术不是特别好，水又很深，周围还没有能上岸的地方，掉进去的瞬间就呛了几口水，实在是难受，当时就觉得自己的生命受到了威胁。最后在游客的帮助下，我终于脱离了险境。后来我闺女跟我说了一句话：'哎呀，爸爸你这本命年水逆。'哦，原来如此，我这是'水逆'了。"故事讲完，我在旁边接了一句话："您这不叫'水逆'，您这只是'溺水'。"大伙听了哈哈大笑。其实这就是相声的语言技巧"正反话"。

既然可以与身边的朋友进行有趣的愉快交流，录制视频或者直播的时候完全可以移植过来，把这种生动有趣的轻松氛围融入视频文案和表达之中。"有趣"是大家共同的需求，无论在线上平台还是线下生活，都殊途同归。

一句话知识点：

技巧是助力成功的辅助手段之一，但不是唯一，不能迷信盲从，也不能完全弃之不理。要抓住解决问题的关键点，选择更适合现阶段的自己的方法，提高内在价值，提升自己的亲和力。

斯是陋室：个性空间，细节动人

　　录制视频怎样布置场景来营造氛围，是每一个短视频主播都无法回避的问题，尤其是真人出镜口播的文化知识类主播。我把这个问题拆解成两部分，一是空间设置，二是构图。

　　空间设置可以有两种选择，第一种是个性化空间，第二种是背景板虚拟空间。我特别主张有条件有能力的主播优先营造个性化空间，因为这个空间的每一个细节都具有不可替代性，并与自己有强烈的关联性。个性化空间是个人独有的，从视觉上，每一个角落、每一个元素都会为主播的个性化传播服务，我们可以充分设置点缀的细节元素，让整个空间更加具有标志性，成为你独有的专属符号。

　　我的拍摄空间就是我的书房，固有元素当然是书架，上面摆满了书，这是读书人的标志；我的背后点缀着一幅画，是

我的书房兼茶室一隅

多年前我自己临摹的一幅宋代团扇面，这与我进行书画艺术创作和研究的特质相关联；旁边摆放着一尊西汉青铜双耳博山炉，这件开门到代的收藏品，既是文房空间点缀的实用器物，又体现了我的收藏爱好和审美认知。整体的传统文化元素，与我的抖音平台账号的文化定位相合度非常高。另外，我的书架上还摆放了一个蝈蝈葫芦，这个元素传达的是老北京的生活趣味。前景的摆设是案头上的文人笔架"小山子"，奇石也是典型的传统文人的书房布置。

很多人觉得视频只有短短的几分钟甚至几秒钟的时间，会有人关注到场景中这些细节吗？放心，一定会有。线上平台是一个开放的平台，具有庞大的流量，汇聚了天南海北、各行各业的用户，其中不乏一些专业人士。像我身后放着的那个汉代博山炉，经常会有粉丝朋友在评论区或者私信留言，说这个熏炉应该是汉朝的，专业品评炉顶上的那只青鸟造型等等。线上平台，时有高人出没。

由此可见，个性化空间里点缀的细节元素，会在视频播放过程中起到一定的信息传播作用。精心布置出镜的个性化空间，是有必要的。

至于常规的背景板空间，干净整洁即可。主要有以下四种常见的布置方式：一是实景，以素色的窗帘或墙面为背景；

即便是准备间，也得布置得有模有样

二是使用摄影棚渐变色背景布，渐变灰是不错的选择；三是3D 虚拟场景背景布，比如以虚拟的书架作为远景，模拟出纵深的空间感；四是后期用电脑抠像，替换一个精美的背景。这四种做法的优点是相对简单，缺点是失去了个性化，同时也容易陷入同质化竞争当中，可识别性相对于个性化空间来说，肯定是它的短板。

无论选择哪一种布置空间的方法，营造内容所需的氛围都离不开构图。构图也分为两种方式，一种是个性化的构图，另一种是常规构图。

我个人更倾向于个性化的构图方式，在我的视频中主要应用的是 S 型对角线构图法，兼顾平衡稳定性和变化。背景左上位置是书架的一角，具有一定的重量感；右下则是前景部分的案头奇石"小山子"笔架，它同样具有重量感；我作为出镜主播，置于两者当中，就与前景和背景构成了一个 S 型，在动态之中找到了一种平衡。S 型对角线构图法，无论是从左上到右下，还是从右上到左下，都是可以的。千变万化，不离其宗。

使用常规构图法就不用考虑这么多了，主播踏踏实实地在正中间的位置坐好，且人物所占的屏幕面积，不宜太小。这里有一个小技巧：手机屏幕相对于电视或电脑等电子设备屏幕来说比较小，它的每一个位置基本上都有功能的区分和划分，那么在默认竖屏的情况下，不管什么样的构图，什么样的空间设置，主播的脸应该在屏幕的上三分之一与三分之二的分隔线附近，这个位置是大家看起来最舒服的。至于下三分之一的位置，我们可以放置文字注释或者滚动字幕，平台的各种信息也会集中在这里，所以手机屏幕下三分之一这个位置被默认为提示信息区。

还有一个细节因人而异，那就是服装。服装和发型的搭配，每个人可以灵活掌握，我一方面是为了效率，另一方面也的确是偷懒，录制视频的服装基本上不换。那件服装平时就固定挂在衣架上，每次录视频之前先换上而已，并不是我每天都穿它，大家不要误会。同时，可以更强化统一的识别符号。见仁见智，一家之言。也许女主播每天更换不同服装，效果会更好。

另外一个小问题是竖屏视频与横屏视频孰优孰劣。我觉得这两者效果各有千秋，如何选择，主要依据不同平台的规则要求。比如抖音、快手这样的短视频平台，我建议发布竖屏视频，因为同样的内容，竖屏的传播效果更好，会让大家感觉到主播与自己的距离更近。而有些平台规定只有横屏视频才能获得收益，那么我们就优先考虑发布横屏视频了。

最后要强调的是，无论我们如何布置自己的拍摄空间，选择什么样的构图方法，决定视频优劣的关键点一定不是形式，而是视频文案内容，呈现形式只是一个加分项而已。

子曰："质胜文则野，文胜质则史。文质彬彬，然后君子。"视频文案内容为"质"，呈现形式为"文"，只注重文案内容而忽略呈现形式，这样的视频看起来难免粗糙；过于强调呈现形式而忽略文案内容，这样的视频看起来则太过浮华。只有文案内容与呈现形式兼顾并举，两者相得益彰，才更为人称道。

一句话知识点：

　　"山不在高，有仙则名；水不在深，有龙则灵。"视频
呈现形式各有千秋，对文案内容的要求却是如出一辙的，切忌
本末倒置，以至于得不偿失。

后记 读书人的爱与追求

在写这本书的过程中，我搬了一次家，竟然翻到了初中时的摘抄本，上面写满了我在读书时看到的好句子、好段落。厚厚的一摞本子，各式各样的。我把它们拿给我的小儿子看，让他看看自己的父亲当年是如何读书学习的，顺便教给他"好记性不如烂笔头"的道理。

后来回想起这么多年来自己读书的状态，我发现自己对读书的爱是发自骨子里的，任何时候都能做到宅在家里边。在有吃有喝的前提下，只要有书陪着我，哪怕一个月不出门也一点儿不觉得闷。人坐在书房里边，那叫一个心驰神往，没有一点儿孤单，没有一点儿枯燥。古人云："书中自有黄金屋，书中自有颜如玉。"表达的是书里有无穷乐趣，书也的确有巨大的魅力。

别看我现在上了年岁，平时仍然喜欢逛书店，尤其是各种旧书店，去淘自己喜欢的书，无论是新出版的图书还是线装古籍，我都会把它们收进书房中，安排好时间阅读。每一本书都有自己的价值，就像是一块砖存在于你的精神世界里，需要你将这些知识打通，转化成技能后才能真正地形成力量。这些砖头能形成榫卯结构，支撑起你头脑内部的知识大厦。同时，这本书给你的灵魂滋养已经深入骨髓，书的价值发挥作用时的快感，是难以用语言描述的。

书是有趣的，读书是有趣的，读书人的生活同样应该是有趣的。

读书人有自己的空间，简单点叫作书房，高端点的叫法比如"三希堂"。不在于空间的大小，也无所谓装饰豪华与否，这是读书人的心灵归宿。我说过，古玩最好的去处不是妥善地保存在库房，而是完美地融入书房。比如错金银的青铜带钩，稍微改造一下就是一个非常漂亮的书镇；战国错金银青铜车马件，摇身一变就是一个雅致的立式香薰，美观又实用；宋代的石雕，当作双人茶台恰到好处；用宋代茶器来招待朋友、贵客，这是读书人的浪漫。在我心中，"读书人"既是零门槛能轻易进入的状态，又是我们毕生追求的非常崇高的文化精神。所以，我常说此生做个读书人足矣。

在这本书中想要和大家分享的内容即将告一段落，下一步要做的事情已经在紧锣密鼓地进行中，主要是"实用文化课"系列，既包括普通人怎么做新媒体账号，比如怎么快速涨粉、怎么创造爆款、如何实现市场变现等等；还有声音课程，例如怎么诵读经典、怎么让自己的声音更有魅力、如何让自己的表达更有感染力、怎么让事情更能向我们期待的方向去发展等等。另外一个就是我个人很熟悉并且很擅长的领域了，包括硬笔、软笔书法和中国画入门。

过去，我在线下做过很多相关的讲座，但它的受众毕竟受空间和时长所限，而线上平台突破了传统讲座的各种限制，

朋友们，咱们下本书再会

可以将内容更加快速、更加广泛地传播出去，与更多喜爱中国传统文化的朋友们一起交流、分享。怎么能让这些存在了千百年的中国文化，从"旧时王谢堂前燕"，到"飞入寻常百姓家"，把这些中华优秀传统文化变成大家听得懂、看得见、摸得着的知识，正是我这些年做传媒工作，同时又沉浸在文化艺术积累中的所思所想。如果可以充分发挥自己的能力，为广大的网友们、各位读者们、我的粉丝朋友们做一点实事，也是我作为读书人，在当下最大的心愿。

实战策略全公开
助力每一个创业梦想

本书专属二维码：为每一本正版图书保驾护航

扫码获得 正版专属资源

微信扫描下方二维码，获得正版授权，即可领取专属资源

盗版图书可能存在内容更新不及时、印刷质量差、版本版次错误造成读者需重复购买等问题。请通过正规书店及网上开设的官方旗舰店购买正版图书。

智能阅读向导 为您严选以下专属服务

☆向【专家咨询】获取来自新媒体专家的答疑解惑！

☆看【变现指南】学习引流策略，实现运营变现！

☆读【行业资讯】及时了解新媒体行业动向！

☆用【思维导图】助力系统学习新媒体！

◎记【学习笔记】生成媒体人的专属笔记本！

◎领【推荐书单】本本好书接着读！

◎加【交流社群】时时与本书读者畅聊新想法！

◎听【营销案例】掌握成功营销的原因和方法！

操作步骤指南 ▶

微信扫码直接使用资源，无需额外下载任何软件，如需重复使用可再次扫码。或将需要多次使用的资源、工具、服务等添加到微信"收藏"功能。

扫码添加
智能阅读向导

图书在版编目（ＣＩＰ）数据

从 0 到 200 万：一个传统媒体人的新媒体突破 / 丹青旅者著 .—— 武汉：长江文艺出版社，2022.3

ISBN 978-7-5702-2575-0

I. ①从… II. ①丹… III. ①随笔 - 作品集 - 中国 - 当代 IV. ① I267.1

中国版本图书馆 CIP 数据核字 (2022) 第 034288 号

从 0 到 200 万：一个传统媒体人的新媒体突破

CONG 0 DAO 200 WAN: YIGE CHUANTONG MEITIREN DE XINMEITI TUPO

丹青旅者　著

选题产品策划生产机构 | 北京长江新世纪文化传媒有限公司

总 策 划 | 金丽红　黎 波

责任编辑 | 张雅琴　　　　　装帧设计 | 郭 璐　　　　　责任印制 | 张志杰　王会利
助理编辑 | 魏佳丽　　　　　内文制作 | 张景莹　　　　　媒体运营 | 刘 冲　刘 峥　洪振宇
法律顾问 | 梁 飞　　　　　版权代理 | 何 红　　　　　视频摄作 | 高 梦
数字平台统筹 | 高 梦　宇 君
总 发 行 | 北京长江新世纪文化传媒有限公司
电　　话 | 010-58678881　　　　　　　　　　　传　　真 | 010-58677346
地　　址 | 北京市朝阳区曙光西里甲 6 号时间国际大厦 A 座 1905 室　　邮　　编 | 100028

出　　版 | 长江出版传媒　长江文艺出版社
地　　址 | 湖北省武汉市雄楚大街 268 号湖北出版文化城 B 座 9-11 楼　　邮　　编 | 430070
印　　刷 | 天津盛辉印刷有限公司
开　　本 | 880 毫米 ×1230 毫米　1/32　　　　　　印　　张 | 6.25
版　　次 | 2022 年 3 月第 1 版　　　　　　　　　印　　次 | 2022 年 3 月第 1 次印刷
字　　数 | 100 千字　　　　　　　　　　　　　图　　数 | 45 幅
定　　价 | 56.00 元

盗版必究（举报电话：010-58678881）
（图书如出现印装质量问题，请与选题产品策划生产机构联系调换）